フェリス・カルチャーシリーズ 5

日本のうた

―時代とともに―

Ferris Culture Series

翰林書房

まえがき

二〇〇五年度フェリス女学院大学主催横浜市民大学講座は、「日本のうた―時代とともに―」をテーマとして開催しました。二〇〇五年は、『古今和歌集』成立から一一〇〇年、『新古今和歌集』成立から八〇〇年目にあたる記念の年で、日本各地で記念行事や企画がいっせいに展開されるなか、本学でも「日本のうた」をテーマとした企画を組んだのです。

「日本のうた」は、『万葉集』『源氏物語』『新古今和歌集』といった作品に収められた古典和歌や現代の短歌から、近代の歌曲、わらべ歌に至るまで、長い歴史のなかで、幅広くうたわれてきました。こうした「日本のうた」を、それぞれの時代のなかで丁寧に読み解きながら、楽しく、生き生きと話すリレー講座が展開されました。また、オプションとして、日本文学国際会議「和歌の文化学」を用意し、自由参加ではありましたが、講座の中核として大勢の方のご参加をいただきました。

第一回　九月一〇日（土）　日本の詩歌の秋―万葉集から島崎藤村まで―
本学文学部教授　森　朝男

第二回　九月一七日（土）　「見る」歌・「思う」歌―源氏物語はどう歌うか？―
本学文学部教授　三田村雅子

第三回　九月二四日（土）　平安時代の歌と絵と物語　本学文学部非常勤講師　木谷眞理子

第四回　一〇月八日（土）　新古今時代の「海」と和歌　本学文学部教授　谷　知子

第五回　一〇月一五日（土）　武将と和歌　本学文学部非常勤講師　西山美香

第六回　一〇月二二日（土）　和歌のチカラ　本学国際交流学部教授　筧　雅博

第七回　一〇月二九日（土）　日本のうたと、西洋の音楽　本学音楽学部教授　秋岡　陽

第八回　一一月一九日（土）　生き続けることばとメロディ—わらべうたを楽しむ　本学文学部教授　藤本朝巳

第九回　一一月二六日（土）　日本文学国際会議「和歌の文化学」

第一〇回　一二月三日（土）　近現代短歌のひろがり　本学文学部非常勤講師　今井恵子

第一一回　一二月一〇日（土）　競技かるたの世界―一〇〇分の一秒に輝く―
永世かるたクイーン　渡辺令恵

※各講師の肩書きは、二〇〇五年当時のものです。

本論文集は、右の講座をもとにした講義録もしくはさらに発展させた論文を集めたものです。本書によって、日本のうたの魅力を存分に味わっていただけたら幸いです。

フェリス女学院大学文学部日本文学科　谷　知子

日本のうた―時代とともに―◎目次

日本の詩歌の秋

1　ああ、大和にしあらましかば　―秋と懐旧―

森　朝男

秋と詩歌

秋はまことに詩歌の季節です。春の詩歌も夏の詩歌もたくさんありますが、秋はことさら詩歌に詠まれ歌われることが多く、また名詩・名歌の多い季節のようです。近代詩歌にも秋の名詩名歌が多いですが、古い和歌の世界でも同様です。『古今集』以降のいわゆる勅撰集は冒頭の数巻に四季の歌を置く習わしになっていて、どの勅撰集も春・秋の巻の歌が夏・冬の巻の歌に比べ圧倒的に多いのですが、春と秋ではどちらが多いかというと、例外も僅かにあるけれど、概して秋の方が多いのです。『新古今集』などは一〇〇首余りも秋の歌の方が多くなっています。『万葉集』でも、季節分類をした巻八と巻十を見ますと、どちらも圧倒的に秋の歌が多くなっています。

秋という季節の趣が人の心をことさら深い物思いに誘うのでしょうか。詩人でない我々も、秋の風景にはひとしお詩情のようなものを覚えやすい、といった感があります。どうして我々は、秋にそのように心を撓わせやすいのか。秋そのもののせいでもありましょうが、また先人たちの多くの秋の詩歌を遺産として持っているから、それによって、秋の風情の感受のしかたが、知らぬうちに我々の心のうちに培われている、ということがあるのかも知れません。秋が先か、秋の詩歌が先か、はそんなに簡単に割り切れません。中国でも欧米でも秋への格別の思いがあると思いますが、日本において秋の感じ方がどのように形成されてきたか、すなわち日本人は秋をどのように詩歌に詠んできたか、ということを考えてみたいと思います。

薄田泣菫の秋の詩

近代の秋の詩を代表するものの一つに薄田泣菫の「ああ大和にしあらましかば」（白羊宮　明治三九）という名詩があります。

ああ大和にしあらましかば

ああ、大和にしあらましかば、
いま神無月、

うは葉散り透く神無備《かみなび》の森の小路を、
あかつき露に髪ぬれて、往きこそかよへ、
斑鳩《いかるが》へ。平群《へぐり》のおほ野高草の
黄金の海とゆらゆる日、
塵居《ちりゐ》の窓のうは白み、日ざしの淡《あは》に、
いにし代の珍《うづ》の御経《みきやう》の黄金文字、
百済緒琴《くだらをごと》に斎《いは》ひ瓮《べ》に、彩画《だみえ》の壁に
見ぞ恍《ほ》くる柱がくれのたたずまひ。
常花《とこはな》かざす芸の宮、斎殿《いみどの》深く
焚きくゆる香ぞ、さながらの八塩折《やしほをり》
美酒《うまき》の甕《みか》のまよはしに、
さこそは酔はめ。

新墾《にひばり》路の切畑《きりばた》に、
赤ら橘葉がくれにほのめく日なか、
そことも知らぬ静歌《しづうた》の美《うま》し音色に、
目移しの、ふとこそ見まし、黄鶲《きびたき》の

あり樹の枝に矮人《ちいさご》の楽人《あそびを》めきし
戯《ざ》ればみを。尾羽身《をばみ》がろさのともすれば、
葉の漂ひとひるがへり、
籬《ませ》に、木の間に、——これやまた野の法子児《ほふしご》の
化《け》のものか、夕寺深く声《こわ》ぶりの
読経《どきやう》や、——今か、静こころ
そぞろありきの在《あ》り人の
魂《たましひ》にしも沁み入らめ。

日は木がくれて、諸とびら
ゆるにきしめく夢殿の夕庭寒く、
そそ走り行く乾反葉《ひそりば》の
白膠木《ぬるで》榎棟《えあふち》、名こそあれ、葉広菩提樹《はびろぼだいじゆ》、
道ゆきのさざめき、諳《そら》に聞きほくる
石廻廊《いしわたどの》のたたずまひ、振りさけ見れば、
高塔《あららぎ》や九輪の錆に入日かげ、
花に照り添ふ夕ながめ、

さながら緇衣《しえ》の裾ながに地に曳きはへし
そのかみの学生《がくじやう》めきし浮歩《うけあゆ》み、——
ああ大和にしあらましかば、
今日神無月のゆふべ、
聖《ひじり》ごころの暫しをも、
知らましを身に。

この詩は、朝・午後・夕方を詠む三聯からなっています。——この神無月の今、もしも大和にいたら、神域の森を暁の露に髪を濡らしながら行き、斑鳩へ向けて平群の野の草紅葉をかき分けて行くことだろう、と始まり、法隆寺の古代芸術に見とれ、斎殿深く焚かれる香に、美酒に酔うように酔い痴れるだろう、というのが第一聯。続いて、寺の近在の野の道に黄鶲が楽しげに飛び舞うのを、法子児の変化《へんげ》かと見るうちに、やがて夕方が来て寺の読経の声が魂に沁みいるように聞こえるだろう、というのが第二聯。そして日暮が来、夢殿の庭に枯葉が舞い、道行く人々のさざめきをうっとり聞くうちに、塔の九輪に夕日が照り、秋の夕方のながめが風情を増すなか、法衣の裾を地に曳く昔の学僧たちの歩みを自分もまねながら、聖人たちの心のわずかをでも知ってみたい、というのが第三聯です。古代の芸術や文化への、陶然たる憧れごころを、明澄な秋の一日を背景に詠み尽していて、大変に感動的な詩です。

第二聯の末尾、夕方、寺院の奥から聞えてくる読経の声が、伽藍の外を歩む人の魂に沁み入り、静かな心持ちを誘います。この静こころ、魂に沁み入る、といったようなものは、やはり秋の夕方にこそ相応しいものでしょう。また第三聯で展開される、昔の学僧たちへの強い思慕、瞑想的な陶酔も、やはり秋の斜陽に隈どられてこそ奥行の深いものになります。概して古い昔の遺跡は秋に追懐されることが多いようです。それらは古いものとして、すべて滅びの影を宿しています。生命の衰えの季節である秋に相応しいのでしょう。しかしこの詩ではそれが悲哀の情調を帯びずに、あくまで渇いた、明るく澄んだ秋の気のなかにあり、どこやら楽しげでさえあるのが感動的です。

近代短歌における秋と懐旧

短歌の方でも佐佐木信綱の、

　　ゆく秋の大和の国の薬師寺の塔の上なる一ひらの雲（新月）

という名歌があります。佐佐木信綱には、やはり秋の歌で、みちのくの毛越寺を詠んだ良い歌もあります。

大門のいしずゑ苔に埋もれて七堂伽藍ただ秋の風（思草）

また、東洋美術学者で歌人の會津八一は、大和の古寺・古仏などを詠んだ歌集を『鹿鳴集』と名付けていますが、これも秋を象徴する名です。

かすがのに　おしてるつきの　ほがらかに　あきのゆふべと　なりにけるかも
うらみわび　たちあかしたる　さをしかの　もゆるまなこに　あきのかぜふく
おほてらの　まろきはしらの　つきかげを　つちにふみつつ　ものをこそおもへ

などという秋の歌があります。一首めは朗々と照る春日野の月に、心地よく秋を迎えようとする気持がよく出た歌です。二首めは発情期の牡鹿がとうとう相手を得られずに一夜を怨み明かした早朝、その充血したまなこに冷たい風が吹く、というものです。そして三首めは、唐招提寺の金堂のあの大きな丸い柱を詠んでいます。歌の中には秋と知れる語句はないけれど、エンタシスの柱の影をくっきりと地に落とす月は、少なくとも春の朧月ではないでしょう。また月明の境内を物思いしつつ楽しげに歩む一首全体の歌境からいって、極寒の冬の夜でも、風情のない夏の月夜でもないでしょう。実際、この歌は作者の大正十一年十月末から十一月にかけての旅の一夜の作であることが明らかになっています。

またこの歌は、満月の光をあびてローマの遺跡をさまようゲーテの『イタリア紀行』の一節や、それに負うところ多い考古学者浜田清陵の『希臘紀行』のなかの「月夜のパルテノン」という文章などの影響を受けているという指摘[*1]があって、月夜にパルテノン神殿のエンタシスの柱を見るギリシャ憧憬を引き継ぎつつ、日本における古代憧憬を歌に試みようとしたもののようです。ゲーテや浜田の月が、ここでは日本の秋の月になっているのです。この歌の「ものをこそおもへ」もやはり遠い古代を思うものでしょう。沈思黙思に秋のひそやかな気配はまことに相応しいものです。古代に向けた思慕というような深い心は、やはり秋に相応しい。秋は追懐の季節であるようです。

2　もの思いの秋　―秋の詩歌の根底―

秋と沈思

ところで、ここに奇しくも現れた「ものをこそおもへ」ということばは注目されます。実は「もの思ふ」「もの思ひ」などということばは平安時代の和歌に頻出することばなのです。平安時代の例は恋のもの思いを主な内容としますが、さらにそれよりやや広い広がりをも持つものです。會津八一のこの歌のもの思いは大分異なるものですが、歌語としては繋がっています。そしてその和歌の「もの思ひ」は秋に深く結びついています。秋は「もの思ひ」をする季節である、ということが、和歌の伝統なのです。平安和歌にふれる前に、少しばかり近代短歌を見ておきましょう。

馬追虫《うまおひ》の髭のそよろに来る秋は眼《まなこ》を閉ぢて想ひみるべし（長塚節歌集）

白玉の歯にしみとほる秋の夜の酒はしづかに飲むべかりけり（路上）

誰にもよく知られた長塚節と若山牧水の秋の歌です。「眼を閉ぢて想ひみる」秋の趣、「酒は静かに飲むべかりけり」の「静か」といったような、ひそかな沈思、ここに秋があります。

平安和歌における秋と〈もの思ひ〉

平安和歌の「もの思ひ」は概してもっとウエットなものです。

いつはとは時はわかねど秋の夜ぞ物思ふことのかぎりなりける（古今　よみ人知らず）

なきわたる雁の涙やおちつらむ物思ふ宿の萩のうへのつゆ（同）

ともに『古今集』「秋部」のよみ人知らずの歌です。いつと時の区別はないものの、やはり秋の夜はもの思いの極まる時だ（一首め）。鳴き渡る雁の涙が落ちたか、もの思いする人の家の萩の葉の露は（二首め）。二首とも悲しげな歌です。二首めは恋のもの思いをしている詠み手自身を詠んだ歌のようでもありますが、一首めは恋のもの思いとは決められません。他の愁えを言うものとも見えます。二首めも微妙で、恋の心でないと見ることもできます。

さらにこういう歌もあります。

春はただ花のひとへに咲くばかり物のあはれは秋ぞまされる（拾遺　よみ人知らず）

これもよみ人知らずの歌です。『拾遺集』は平安時代中頃の勅撰集ですが、この頃になると「物のあはれ」という美的な情趣が形成されます。この歌では、その「物のあはれ」も秋がひとしおまさるものだと言っています。もちろん「あはれ」ということばは、秋に対してのみでなく、他の季節についても言われてきました。春と秋との優劣を論《あげつら》うことも万葉集の昔からあり、平安時代には多く行われています。どちらを支持する歌もあるのですが、「物のあはれ」という点では、やはり秋が優勢であったと思われます。後代に兼好法師は「もののあはれは秋こそまされと、人ごとに言ふめれど…」と、『徒然草』に言っています。兼好はそれをひとまず肯《うべな》ったうえで、春をはじめ、折々のどの季節もそれなりに風情があるものだ、と主張するのですが、この言い方のなかに、一般的に世間の認識では、「物のあはれ」は秋が優位とされていたらしい形勢が見て取れます。これは中世半ばの頃の記述ですから、平安時代とは違った情況が生じているかも知れませんが、しかし右の『拾遺集』の歌などのこころと全く繋がりのないものでもないでしょう。「あはれ」はしみじみとした深みのある情趣をいうわけですが、それはやはり、秋が優るということです。秋が物思いを誘いやすい季節だということとも関連しているに違いありません。そういう傾向が形成される背景はどこにあったのでしょうか。それを知るためには「悲秋」という秋の情趣の形成を探らなければなりません。

3　悲　秋　―漢詩と和歌―

漢詩における悲秋

薄田泣菫と同世代の土井晩翠の「星落秋風五丈原」（天地有情　明治三二）という詩を見ましょう。これは例の『三国志演義』に見える諸葛孔明が瀕死の床についた時の蜀軍の悲嘆を詠んだ詩です。長い詩なので冒頭の第一聯だけを見ます。

祁山《きざん》悲秋の風更けて
陣雲暗し五丈原
零露の文は繁くして
草枯れ馬は肥ゆれども

蜀軍の旗光無く
鼓角の音も今しづか
・・・
丞相病あつかりき

もの悲しげな秋、祈山に風が吹きつのり、五丈原には雲が垂れ込める。露はしとど、草は枯れ馬は肥えるが、蜀の軍勢には精彩が無く、鼓や角笛の音もしない。丞相は病が重い…、というのですが、ここには「悲秋」という詩語が出てきます。漢詩によく見える語で、中国では『楚辞』から六朝詩にかけての頃、こういう秋の詩情が形成されます。

悲しい哉、秋の気為《た》るや。蕭瑟として、草木揺落して変衰し（悲哉、秋之為気也。蕭瑟兮、草木揺落而変衰…）

『楚辞』に見える宋玉の「九弁」に、悲秋の最も古い表現例として、こう見えています。悲しいことよ、秋の気配は。もの悲しく草木は枯れ散って衰え…。

また六朝時代の詩文集『文選《もんぜん》』には、当代の代表的な詩人潘岳《はんがく》の「秋興賦《しゅうきょうのふ》」という賦がありますが、それには次のように見えます。

嗟《ああ》、秋日の哀しむ可《べ》き、諒《まこと》に愁へて尽きざる無し（嗟、秋日可哀兮、諒無愁而不尽）

秋が悲しいのは、このような古い中国詩文の世界を見てゆきますと、春から夏にかけて生命の輝きを見せた草木や陽光が衰え、それに人の命の老いや死、さらには人の世の栄枯盛衰、無常というものが暗示されるという、自然の表情（中国詩論にいう「物色」）と人の心との感応関係が存在するからだと思われます。

和歌における悲秋

悲秋の観念は、日本にも入ってきて和歌に定着します。『万葉集』にも僅かにそのはしりのようなものがあると認められますが、平安和歌に至って顕著になります。特に『古今集』『後撰集』には多く見えます。

おほかたの秋来るからにわが身こそ悲しきものと思ひしりぬれ（古今　よみ人知らず）
わがために来る秋にしもあらなくに虫の音きけばまづぞ悲しき（同）
ものごとに秋ぞ悲しきもみぢつつうつろひゆくを限りと思へば（同）
月見ればちゞにものこそ悲しけれわが身ひとつの秋にはあらねど（同　大江千里）

うちつけにものぞ悲しき木の葉散る秋のはじめをけふぞと思へば（後撰　よみ人知らず）

いとどしく物思ふやどの荻の葉に秋と告げつる風のわびしさ（同）

これらに見える悲しさ・わびしさは、落葉とか虫の声とか涼夜とかいう秋の自然の表情にふれて、人の心に生じた情感といったものです。前節に述べた物思いの秋も、これと重なるものです。『万葉集』にも、人の死を秋の気配のなかに悲しむ次のような歌があります。大伴家持の、いわゆる「亡妾悲傷歌」の次のような歌々です。

今よりは秋風寒く吹きなむをいかにか一人長き夜を寝む（万葉）

うつせみの世は常なしと知るものを秋風寒みしのひつるかも（同）

これらには秋の冷気が詠みこまれていて、愛しい人の死の悲しみだけでなく、季節の表情が一定程度定着させられています。「悲秋」の影響を認めてもよいかも知れません。実はそれ以前にも、例えば柿本人麻呂に秋の紅葉や月光のなかで亡き妻をしのぶ挽歌などがあります。月は死者や別れた恋人などを思い出させるものとする意識が日本にもありました。その根源には、月や花が神霊や死者の霊を呼ぶという固有の信仰がありました。そういうものと中国伝来の「悲秋」の観念とが重なって、家持の歌はできています。

万葉集の春愁

しかし『万葉集』における「悲秋」の詩情の影響は、なお十分とはいえません。それよりも、大伴家持とその同時代歌人に、特異に「春愁」を詠む歌の現れるのが注目されます。

春の日のうら悲しきにおくれ居て君に恋ひつつ現《うつ》しけめやも（狭野弟上娘子）

春設《ま》けてものがなしきにさ夜更けて羽振《はぶ》き鳴く鴫《しぎ》誰が田にか住む（大伴家持）

春の野に霞たなびきうら悲しこの夕影に鶯鳴くも（同）

うらうらに照れる春日に雲雀《ひばり》あがり情《こころ》悲しも独りし思へば（同）

狭野弟上娘子《さののおとがみのおとめ》の歌は天平十一年（七三九）頃の歌で、中臣宅守《なかとみのやかもり》との許されない恋の果てに宅守が流罪になって越前に流された後、それを慕って詠んだものです。うら悲しい春の日に、一人京に残されて君を恋いながら生きた心地もしない、という歌です。春の日はうら悲しいものとしています。大伴家持の三首は初めの一首が天平勝宝二年（七五〇）の歌、後の二首が同五年（七二三）の歌です。特に後の二首は家持の春愁の歌として名高い名歌です。家持には、右の三首以外にも、長歌のなかで春をうら悲しいと詠んだものがあります。この春の悲しみ、愁えというものは、漢詩のなかにもさほど顕著に見えるものではないので、中国からの影響によるものともいえません。そしてその後の和歌に継承されることもありません。またこれらの歌が秀作として注目されるのは近代に入ってからで、大正初年に歌人窪田空穂が高い評価をしました[*2]。そのあたりが歴史上最初の評価だとされています[*3]。それ以前には評価も追随もされていません。

どうしてこういう歌がこの時期に現れるのかは謎です。大分前に私の属している研究グループ「古代文学会」で、二年ほどをかけて家持研究を集中的にやったとき、この問題にみんなで取り組みました。その成果の一つとして、「かなし」という歌語の分析からこれらの歌を春愁として詠むのでなく、自然への恋情として、春への讃歌としての骨格を持つものなのだ、という解読が提示されたりしました[*4]。私の結論は少し違うものでした。すなわち、右の三首めには霞や鶯が詠まれ、四首めにも雲雀が詠まれます。春霞の茫漠たる景に定めのない恋の嘆きを詠んだり、鳥の声を聞いて恋人を思ったりする歌がこれ以前の歌に出てくるので、そうした恋の愁えを詠む歌の伝統の変型として出てきたのが、この春愁の歌ではないか、というのが私の結論でした[*5]。

悲秋の伝統

『古今集』に入ると、先に述べたとおり悲情は秋のものと決ってきて、春の悲しみは影を潜めてしまいます。『古今集』以降、秋の悲しみは久しく詩歌の基本的な感情として保たれ続け、近代の詩歌に至ってさえなお趣を変えて受け継がれていったようです。

秋きぬとおちたる桐の一葉にもまづこぼるゝは涙なりけり（梨のかた枝）

これは幕末維新の尊皇派の公家、七卿落ちの一人の三条実美《さねとみ》の歌ですが、この時代になっても旧派の歌人の歌は、こうした秋の歌境を継承しています。一方新派の伊藤左千夫には次のような歌があります。

今朝の朝の露ひやびやと秋草やすべて幽《かそ》けき寂滅《ほろび》の光（左千夫歌集）

この歌も、秋を冷え冷えとかそけき悲哀の季節と捉える伝統和歌の感性と全く無縁ではないと思われますが、しかし伝統とはかけ離れた新しさがこれにはあります。冷たい朝露をあびて萎れる秋草に「滅び」の、しかも「光」があるというのは、ことばとしても感覚としても斬新です。これはまさしく「幽けき」滅びの光なのでしょう。しかもその滅びを「寂滅」という仏教語で表記するところに、近代の歌らしいレヴェルの高い抽象性があります。この歌は、秋草のうえに人の世までを含めた現世の摂理・諦観としての滅び、そのなかでのかそけき輝きを感じ取っているわけです。

4　秋の夕ぐれ　―中世へ―

夕べは秋

秋の一日の刻限では、夜すなわち秋の夜というものが、和歌でも漢詩でも独特の詩境を古くから開いています。和歌では、秋の夜は長いので一人寝を嘆く恋の歌が詠まれ、虫の音や月の風情を詠む季節の歌も多く詠まれました。しかしもう一つ、勅撰集でいうと平安時代後期の『後拾遺集』のあたりから「秋の夕ぐれ」という歌句が見え始めます。特に『新古今集』には十六例が見えます。いずれも体言止めの流行したこの時期の傾向も手伝ってか、この歌句を第五句に据えています。それ以降中世には第五句にこの句を置く歌が実にたくさん作られます。流行といってもよいものです。『新古今集』には、

見渡せば山本かすむ水無瀬川ゆふべは秋となにおもひけむ

と詠んだ後鳥羽院の歌があって、それが逆にこの頃、夕方は秋に限る、という固定的な美意識がなりたっていたことを証明しています。

よく知られるとおり、『枕草子』の初段には四つの季節の趣が簡潔な文章で記されています。そ

れによると、春はあけぼの、夏は夜、秋は夕ぐれ、冬はつとめて、に趣があるということになっていて、平安の中期にすでに秋の夕ぐれの趣が意識されているわけです。『枕草子』は「秋は夕ぐれ」の後に続けて、「からすのねどころへ行くとて、みつよつ、ふたつみつなどとびいそぐさへあはれなり。まいて雁などのつらねたるが、いとちひさくみゆるはいとをかし。日入りはてて、風の音むしのねなど、はたいふべきにあらず。」といっています。烏、雁、さらには日が暮れてからの風の音、虫の音などが趣深いというのですが、そのうち烏だけは別にして、雁や風や虫の音は、古くから和歌がよく詠んできた秋の風情です。それらを夕方のものとして詠んだ和歌もなくはありません。

中世和歌における「秋の夕ぐれ」

しかし平安末以降に現れる「秋の夕ぐれ」という歌句は少し別の問題を孕んでいるようです。

思ひやる心さへこそさびしけれ大原山の秋の夕ぐれ（後拾遺　藤原国房）
うづらなく真野の入江の浜風にをばななみよる秋の夕ぐれ（金葉　源俊頼）
なにとなく物ぞかなしき菅原や伏見の里の秋の夕ぐれ（千載　源俊頼）
さびしさはその色としもなかりけり真木立つ山の秋の夕ぐれ（新古今　寂蓮法師）
見わたせば花も紅葉もなかりけり浦の苫屋《とまや》の秋の夕ぐれ（同　藤原定家）

吹きわたす風にあはれを等しめていづくもすごき秋の夕ぐれ（山家集　西行法師）

少し説明が要ります。第一首めは「良暹《りょうせん》法師の許に遣はしける」と詞書があるので、出家者の庵の秋を思いやる歌と知れます。第二首は近江の古京大津京の周辺のうらさびしい光景を詠んだものと思います。「うづらなく」は『万葉集』以来、人が住まなくなって荒野となった古い土地をいうのに用いられる歌句で、『伊勢物語』第一二三段には、深草に住む女を離縁して出ていこうとする男に、女が、

野とならばうづらとなりて鳴きをらむかりにだにやは君は来ざらむ

と詠みました。あなたが出ていってここが荒野になったら、私は鶉になって鳴いていよう。そうしたらあなたは狩に（掛詞、かりそめに）でも来てくれないでしょうか、という歌ですが、男はほだされて出ていくのをやめた、という話があります。鶉は古びた人住まぬ場所の象徴です。第三首めもやはり寂しい場所として古歌に出る、旧都平城京の菅原の里の秋の夕ぐれですが、そこに住む者の心として詠んでいるのでしょう。

そこまでの三首を見ると、時世の繁栄からとり残された古びた土地や、出家者の住む俗世の外の地の寂しい雰囲気を、秋の夕ぐれのなかに捉えています。こうした歌々は、何やら平安王朝の

華やかな美や繁栄から隔たったさびしい世界への思い入れが、この時期に高まって来たのではないかと感じさせます。情緒としては先に述べた悲秋の詩情を引きずっていますが、悲哀（かなさ）の色のうえに寂寥（さびしさ）の色が加わっており、しかもその忘れられたさびしい場所のなかに、積極的に新たな趣を見出してゆこうという、裏返し、否定のうえに立った価値意識、という積極性を見ることができると思います。そうした傾向をさらに顕著に見せるのが、四首め以降の『新古今集』や『山家集』の歌々です。

寂蓮法師の歌（四首め）は、真木（杉・桧などの喬木）の立つ単色の山の光景に寂寥を感じとった歌です。散りゆく紅葉や虫の音すだく枯れ草のような、平安時代ふうの美的な色彩や、日を追って色を変えうつろうといったようなものに促されて感受した寂しさではなく、一面に常緑の真木の茂る、いわば風情なき山地の景です。ここには、平安時代の感傷を超えた、より深い寂寥が詠まれていいます。隠遁者の心かも知れません。

一首とんで西行法師の歌（六首め）を先に見ます。これは風が激しく吹き渡って、まるでこの世界の全面を等しい「あはれ」一色に塗りつぶしている、というのです。「すごき」は荒涼たる光景をいうものでしょうが、これはもう平安風の情趣・風情ある「あはれ」を超えた、文字どおり、すごみを帯びた光景です。これが中世近い歌人の秋の心象なのであります。

戻って五首めの定家の歌を見ます。漁師の苫葺《とまぶ》きの小屋が点在する、名もない海浜の秋の夕ぐれを詠んでいます。上三句で花も紅葉も見えないことを詠んでいて、これも鮮色のないくすんだ色の風景です。但し「花も紅葉もなかりけり」と否定しながら、そのくすんだ光景の奥に、追憶のように、残像のように、あるいは余韻のように、鮮やかな極彩色の花や紅葉を潜ませています。いわば否定を通して仄めかされた王朝の残像がここにあり、それが中世的な幽玄の美を構成しているわけです。これが平安末期から中世にかけての貴族たちの滅びと否定の美学なのでしょう。中世を象徴するような一首です。この浦の景には、光源氏の花の京を捨ててさすらう須磨の浦の物語が、本歌取りならぬ「本物語取り」されている、と解かれますが、最も王朝的な貴公子の物語を借りながら、それにいぶし銀のようなくすんだ渋いヴェールをかけて奥行を与えています。「秋の夕ぐれ」が効果的で、「秋」も「夕ぐれ」も、一年の、あるいは一日の終りに近づく時間として、平安貴族の繁栄の影り、衰えを象徴するかのようです。

「秋の夕ぐれ」の流行は、そのまま中世の始まりを象徴するものと思われます。幽玄・枯淡・閑寂、さらには、わび・さび等といった中世以降の日本人の美意識はこのようにして始まり、今もって日本人の色彩感覚を支配している渋好みなどにまで、繋がっていきます。それらの源はこうした中世初頭の美意識にあるといえます。「秋の夕ぐれ」にはそういう問題が潜んでいます。

5　秋　風　―近代詩と古典―

島崎藤村の「秋風の歌」とシェリーの「西風の賦」

島崎藤村の第一詩集『若菜集』（明治三一）には「秋風の歌」という優れた詩があります。全文を引きます。

秋風の歌

　　さびしさはいつともわかぬ山里に
　　　尾花みだれて秋かぜぞふく

しづかにきたる秋風の
西の海より吹き起り
舞ひたちさわぐ白雲《しらくも》の
飛びて行くへも見ゆるかな

暮影《ゆふかげ》高く秋は黄の
桐の梢《こずゑ》の琴の音《ね》に

そのおとなひを聞くときは
風のきたると知られけり

ゆふべ西風吹き落ちて
あさ秋の葉の窓に入り
あさ秋風の吹きよせて
ゆふべの鶉《うづら》巣に隠る

ふりさけ見れば青山も
色はもみぢに染めかへて
霜葉をかへす秋風の
空の明鏡《かゞみ》にあらはれぬ

清《すゞ》しいかなや西風の
まづ秋の葉を吹けるとき
さびしいかなや秋風の
かのもみぢ葉にきたるとき

道を伝ふる婆羅門《ばらもん》の
西に東に散るごとく
吹き漂蕩《ひるがへ》す秋風に
飄り行く木の葉かな

朝羽《あさば》うちふる鷲鷹《わしたか》の
明闇天《あけぐれそら》をゆくごとく
いたくも吹ける秋風の
羽に声あり力あり

見ればかしこし西風の
山の木の葉をはらふとき
悲しいかなや秋風の
秋の百葉《もゝは》を落すとき

人は利剣《つるぎ》を振へども
げにかぞふればかぎりあり

舌は時世《ときよ》をのゝしるも
声はたちまち滅ぶめり

高くも烈し野も山も
息吹《いぶき》まどはす秋風よ
世をかれがれとなすまでは
吹きも休《や》むべきけはひなし

あゝうらさびし天地《あめつち》の
壺《つぼ》の中《うち》なる秋の日や
落葉と共に飄《ひるがへ》る
風の行衛《ゆくへ》を誰か知る

これは第一詩集『若菜集』にある、藤村の代表的な作品の一つです。『若菜集』は藤村の二五、六歳の頃の詩を集めたまさしく青春の詩集で、この詩も若々しい感情に溢れています。実際、ここに捉えられた秋風はまさしく「声あり力あ」る激しい風で、吹きつのってやみません。この詩はイギリスのローマン主義詩人シェリーの「西風の賦」という詩の影響を受けたものと言われます。[*6]「西風の賦」は「おお、奔放な〈西風〉よ、汝、秋の息吹よ。[*7]」と始まります。激しい秋風を、詩人の心を苦しめ苛《さいな》み、鍛えるものとして詠みます。藤村の詩と大きく異なるところは、その秋風（西風）がやがて苦悩の果ての新生をもたらすものと詠まれる点です。最終行は「おお、〈風〉よ、／〈冬〉が来れば、〈春〉が遙かに遠いということがあろうか?」と終ります。「冬来たりなば春遠からじ」という日本人にもお馴染の一行です。この詩の原題は「Ode to the West Wind」というもので、西風へのオード（讃歌）なのであります。藤村の詩はそのような新生・再生の結構を表現のうえには持っていません。しかしやはり「西風の賦」の影響はあると思われます。「秋風の歌」の風もまた激しく強い風で、特に第九、十聯では人の世の営みのはかなさと風の激しさとを対立的に提示し、風の力を「世をかれがれとなすまでは／吹きも休むべきけはひなし」と言っています。ここあたりは、「西風の賦」にやはり風の強さを「奔放なる〈精〉よ、汝は到る処に吹きまくる、／破壊者にして保存者よ」と言い、「汝の妹なる優しい春風が…野や山を生々とした色や香りで満たすまで、／墓の中の屍のように、一つ一つを冷たく低く眠らせるものよ。」というような一節に呼応するように見えます。藤村の詩のこの強風は、第九、十聯に続けて最終第十一聯を読むと、あらゆる人世の営みを空しくするような自然の力として吹きつのり、ついに寂寞たるこの大天地の何処へ吹き行くのか知れない、と言っています。この風への思いはやはりローマン的な情熱を湛えていて、シェリーの詩の「西風」と似ています。藤村の詩もまた力強い秋風へのオードであります。

しかし反面またふれたとおり、この藤村の「秋風」はシェリーの詩の「西風」の、やがて新生の春を迎えるための力になっていくというような色あいを持ちません。

……凄まじい〈精〉よ、汝は
私の精神となれ！　私となれ、強烈なるものよ！
私の死滅せんとする思想を、枯葉のように
宇宙に撒き散らし、新生をもたらせよ！

といった一節がシェリーの「西風の賦」には見えます。強烈な詩人の自我が、風の力を我がものとして再生するドラマがあるのに比べ、藤村の方は自然を詠むのに徹していて、そこに東洋的な性格があるということが指摘されても来ました。[*8]

「秋風の歌」と伝統的詩情

実際、この詩のことばの多くが、漢詩文・和歌・俳諧その他の東洋古典に典拠を持ちます。秋を「さびし」とか「悲し」というのは、述べてきたとおり漢詩や和歌が長い歴史を通じて作ってきた詩情です。第二聯に「桐の梢の琴の音に」という一行がありますが、秋に桐の落葉を詠むのは漢詩に始まり、中世の和歌にもその影響が及んでいますし、木々を吹く風の音を琴の音色に譬えるのも漢詩や和歌に見えます。第三聯の「鶉」もさびれた秋の野のものとして和歌の題材になってきたこと、先にふれました。最終聯の「天地の壺の中なる秋の日」も『漢書』の「壺中之天」という語に典拠があるとされています。[*9] その他にも多々指摘できますが、優れた先行論文[*10]があるのでそれに譲ります。

研究家たちがあまり取りあげていないのは、題の脇に記された短歌です。まるで勅撰集の秋の部などにひっそり紛れ込んでもいそうな感じの歌ですが、見つかりません。似たような歌があったりするので、近世または明治初期の旧派歌人あたりの作か、あるいは藤村自身が擬古的に詠んだものでしょう。しかしこれはきわめて和歌的な秋の趣を持つ歌です。藤村はこれをエピグラフに置くことで、和歌的な秋の情緒とこの詩の詩情とを、有契的な関係に置こうとしています。一年中いつだってさびしい山里に、尾花を乱して秋風の吹く頃は、一段とそれがまさる、という歌意ですが、それを置くことで、秋風の寂寞の印象を初めに鮮明に定めています。「山里」は古典和歌の世界では、自然愛好の数寄人や世捨て人の住む所であり、例えば華やかな京、あるいは通俗の人の世を離れてそういう場所を住みかとしたり旅行く所としたり、というふうに自身の位置取りをして、自然の美しさやさびしさに身をひたすことが、古い日本では詩人（歌人）たるためのいわば自己設定でもあったわけですが、そうした分厚い古典の詩情・詩心に、失恋の痛手を負って東京を離れ、仙台に教職を得てやって来た若き藤村自身の漂泊の魂を重ねているとも言えるところがあります。これは仙台時代の作とされます。西の海から吹き起り、深い寂寞を湛えた大天地を駆け抜けて、どこに吹き行くか知れぬ、というこの詩の「秋風」は近代のローマン的な詩的形象でありますが、そこにも秋風を旅行くものと見ているところがあります。近代的詩情の肉付けに、日本人に親しい伝統的詩情を活用して成功しているのがこの詩だったといえましょう。『若菜集』以下四冊の詩集をまとめた『藤村詩集』（明治三七）の序に、藤村は「遂に新しき詩歌の時は来たりぬ。／そはうつくしき曙のごとくなりき。」と記しています。まさしくそうした新しい時代の若々しい詩情として、この詩の秋風の激しさ、さびしさも解読されなければなりません。しかし、それが伝統的な秋の詩情と繋げられているところに、他の藤村の詩と同様、この詩が日本人の心に沁み入りやすく、愛唱されて止まぬ魅力を持つに到った理由があるのではないかと思われます。そしてこの詩のそうした姿をこそ、我々は日本独自の近代詩として大切に思うべきでしょう。

ともあれ日本の詩歌の秋は、こうして近代詩にも継承されて来ているわけです。

注

＊1　喜多　上『會津八一の歌境』春秋社　一九九三

＊2　窪田空穂『萬葉集選』日月社　一九一五（角川書店版全集第二五巻所収）

＊3　橋本達雄『大伴家持作品論攷』塙書房　一九八五

＊4　佐藤和喜『平安和歌文学表現論』有精堂出版　一九九三

＊5　森　朝男「和歌的情調の〈読み〉へ」『セミナー古代文学・家持の歌を詠む』古代文学会　一

九八七

＊6　島田謹二「日本文学と英米文学」『英語・英米文学講座』第一巻　河出書房　一九五二。他。
＊7　加瀬正治郎訳『シェリー詩集1』（昭森社　一九五五）による。以下同。
＊8　吉田精一『近代詩』　至文堂　一九五〇。他。
＊9　吉田精一『鑑賞現代詩Ⅰ』　筑摩書房　一九六一
＊10　梅瀬良平『島崎藤村研究』中の「『秋風の歌』の典拠と方法」　みちのく書房　一九九六

和歌的な文体

木谷眞理子

1　はじめに――源氏物語と信貴山縁起絵巻――

『源氏物語』若紫巻冒頭は、「信貴山縁起絵巻」延喜加持巻第一段の詞と似ている。[*1]『源氏物語』は十一世紀初めに書かれた物語。他方、「信貴山縁起絵巻」は十二世紀半ばにつくられた絵巻であり、その詞とかなり一致する話が、説話集『古本説話集』『宇治拾遺物語』に収められている。つまり、時代もジャンルも異なる作品が似ているのである。いささか長い引用になるが、両者を掲げてみよう。

◎『源氏物語』若紫巻冒頭

（光源氏ハ）瘧病《わらはやみ》にわづらひたまひて、よろづにまじなひ、加持《かぢ》などまゐらせたまへどしるしなくて、あまたたびおこりたまひければ、ある人、「北山になむ、なにがし寺といふ所にかしこき行ひ人はべる。去年《こぞ》の夏も世におこりて、人々まじなひわづらひしを、やがてとどむるたぐひあまたはべりき。ししこらかしつる時はうたてはべるを、疾《と》くこそこころみさせたまはめ」など聞こゆれば、召しに遣《つか》はしたるに、（聖）「老いかがまりて室《むろ》の外《と》にもまかでず」と申したれば、（光源氏）「いかがはせむ。いと忍びてものせん」とのたまひて、御供に睦ましき四五人ばかりして、まだ暁におはす。

やや深う入《い》る所なりけり。三月のつごもりなれば、京の花、盛りはみな過ぎにけり。山の桜はまだ盛りにて、入りもておはするままに、霞のたたずまひもをかしう見ゆれば、かかるありさまもならひたまはず、ところせき御身にて、めづらしう思《おぼ》されけり。寺のさまもいとあはれなり。峰高く、深き巌《いは》の中にぞ、聖《ひじり》入りゐたりける。登りたまひて、誰《たれ》とも知らせたまはず、いといたうやつれたまへれど、しるき御さまなれば、（聖）「あなかしこや。一日《ひとひ》召しはべりしにやおはしますらむ。今はこの世のことを思ひたまへねば、験方《げんがた》の行ひも棄《す》て忘れてはべるを、いかで、かうおはしましつらむ」と驚き騒ぎ、うち笑《ゑ》みつつ見たてまつる。いと尊き大徳《だいとこ》なりけり。さるべきもの作りて、すかせたてまつる。加持などまゐるほど、日高くさしあがりぬ。（①一九九～二〇〇）*2

◎「信貴山縁起絵巻」延喜加持巻第一段

（命蓮聖ガ）かやうに行ひて過ぐるほどに、そのころ延喜の帝、御悩《ごなう》重くわづらはせたまひて、さまざまの御祈りども、御修法、御読経など、よろづにせらるれど、さらにえ怠らせたまはず。ある人の申すやう、「大和に信貴といふ所に、行ひて里へ出づることもなき聖さぶらふなり。それこそいみじく尊く験《しるし》ありて、鉢を飛ばせて居ながらよろづのありがたきことどもをしさぶらふなれ。それを召して、祈らせさせたまはば、怠らせたまひなむものを」と申しければ、「さは」とて、蔵人を使にて召しに遣はす。

（蔵人ガ）行きて見るに、聖のさまいと尊くてあり。かうかう宣旨にて召すなり、参るべきよし言へば、聖、「何事に召すぞ」とて、さらに動き気もなし。（蔵人ガ）かうかう御悩大事におはします、祈りまいらさせたまふべきよしを言へば、（命蓮聖）「それはただ、参らずとも、ここながら祈りまいらせ候む」と言へば、（蔵人）「さては、もし怠らせたまひたりとも、いかでかこの聖の験《しるし》と知るべき」と言へば、（命蓮聖）「もし祈りやめまいらせたらば、剣の護法といふ護法を参らせむ。おのづから夢にも幻にも、きと御覧ぜば、さらば知らせたまへ。剣を編みつづけて衣《きぬ》に着たる護法なり」と言ふ。さて、（命蓮聖）「京へはさらに出でじ」と言へば、（蔵人ハ）帰り参りて、かうかうと申すほどに

両者は、あらすじがよく似ている。あらすじの共通点は――貴人が病気になる。さまざまに加持祈祷を行うが、いっこうに病は癒えない。すると、ある人が言う。「○○山に、尊く験《げん》のある聖《ひじり》がおります。その者に祈らせてみたら如何でしょう」。そこで、その聖を呼び寄せるため使者を遣わす。聖は山から出ないものの、その貴人のために祈ることになる――といったところであろうか。○○山は、京の外にあるが、しかし京からものすごく遠いわけではない。

しかし相違点もある。『源氏物語』では、聖が山から出ないのは、年老いて動けないから、とされる。そこで彼のもとへ、光源氏みずからが出向き、自分を誰とも知らせぬまま、身分を隠した服装等で対面する。しかし、聖はすぐに誰であるか見抜き、「あなかしこや」などと言って「うち笑」んでいる。つまり、貴人はその権威を笠に着ることなく、聖に敬意を払い、聖のほうも、貴人の人物・器量を見抜いて、敬意を払っているのである。

他方「信貴山縁起絵巻」の帝の使者は、「宣旨にて召すなり」、つまり、帝のお召しであるぞ、と権威を笠に着た物言いである。これに対して命蓮聖は、祈るために出向く必要はない、ここで祈ればよい、と言う。かなりの験力の持ち主であること、帝の要請であっても不必要な事は行わない人物であること、が窺われる。

こうした違いと関連するのであろうが、『源氏物語』の北山のほうが、「信貴山縁起絵巻」の信貴山よりも、京に近い。『源氏物語』のほうが、貴人と聖の距離が近い。考えも近いし、物理的にも近いのだ。

「信貴山縁起絵巻」の場合、貴人と聖の距離は遠く、両者は『源氏物語』のように融和的ではない。そんな両者の関係が、帝の使者と命蓮聖の会話にくっきりと出ている。使者の蔵人は「帝のお召しであるぞ」と言えば、簡単に話がつくと思っていたのかもしれないが、帝の権威は命蓮にまったく通用しない。命蓮は、淡々と理屈を述べる。祈る対象が遠くにいても問題はない、とする命蓮に対し、使者は、命蓮のおかげで帝の病が治ったとしてもそれと分からない、という理屈を述べて食い下がるが、これに応えて命蓮が、祈り終えたら剣の護法を遣わす、という対案を提示したため、使者はすごすごと帰るほかない。距離のある二者のいささか格闘技めいた会話――なんとか役目を果たそうと頑張る使者が、にもかかわらず命蓮のペースに巻き込まれてしまうようすは、この段の見せ場となっている。

融和的な『源氏物語』の貴人と聖のあいだに、丁々発止のやりとりはない。その代わりに注目されるのが傍線部、光源氏が山へ入っていく道中の描写である。花の盛りを過ぎて、まもなく夏を迎えようとしている京を発ち、源氏が山のなかへ入っていくと、桜は盛りに咲き、霞がたちこめていて、そこはまだ春真っ盛りなのである。窮屈な身分とて外出もままならぬ源氏は、「をかしう」「めづらしう」感じる。常春の仙境を思わせる山に、彼は魅了されているのだ。とすれば、その山の深き巌の中に座り、山に抱かれている聖を、源氏が「いと尊き大徳」と思い、その寺を「いとあはれ」と感じる、そしてそんな源氏を、聖が「うち笑みつつ見たてまつる」、というのは自然な成り行きであろう。源氏も聖も山の磁場のなかにいて、その磁力をしっかりと感受している、そういう両者であるから、互いに敬意を抱くのだと思われる。

傍線部では、山へ入っていく源氏に寄り添って、その目や心に捉えられる山の様子が描き出されている。ここで注意したいのは、人物に寄り添って描写することで、本来静的になりがちな空間の描出が、ビデオ撮影のように動的で時間を孕んだものになっていること、そして、そのように空間と時間を語り出していくことで、それらを体験・感受しているのはどのような人間であるかを描き出してもいること、である。傍線部では、人物・空間・時間が一体のものとして、一息に描出されているのだ。

以上見てきたように、『源氏物語』若紫巻冒頭と「信貴山縁起絵巻」延喜加持巻第一段の詞は、似ているだけに、相違点が際だつ。「信貴山縁起絵巻」が会話によって対決を描いているとすれば、『源氏物語』では人物に寄り添った自然描写が融和を導き出していた。両者は文体が異なり、それぞれの文体が描き出す内容も異なるのである。

ところで、若紫巻冒頭のような文体は、『源氏物語』に広く見出される。節を改め、『源氏物語』についてさらに見ていくことにしよう。

2 野分の段

『源氏物語』桐壺巻に、野分の段と呼ばれる、長い場面がある。その少し前から見ていこう。その夏、桐壺帝は、最愛の桐壺更衣を喪った。

Aはかなく日ごろ過ぎて、後《のち》のわざなどにもこまかにとぶらはせたまふ。ほど経《ふ》るままに、せむ方《かた》なう悲しう思さるるに、御方々の御宿直《とのゐ》なども絶えてしたまはず、ただ涙にひちて明かし暮らさせたまへば、見たてまつる人さへ露けき秋なり。……一の宮を見たてまつらせたまふにも、若宮の御恋しさのみ思ほし出でつつ、親しき女房、御乳母《めのと》などを遣はしつつありさ

まを聞こしめす。（桐壺①二六）

更衣が亡くなった夏が去り、秋になっても、帝の悲しみはまったく癒えず、更衣の実家へたびたび使者を遣わしては、忘れ形見の若宮（光源氏）の様子を聞いている――この箇所では、夏から秋にかけて、帝がどのような日々を送っているかを、概括して述べている。こうした語り方が、続く一文Bからガラッと変わることになる。

B野分《のわき》だちて、にはかに肌寒き夕暮のほど、常よりも思し出づること多くて、靫負命婦《ゆげひのみやうぶ》といふを遣はす。（桐壺①二六）

この一文から、野分の段は始まる。夏から秋にかけての様子を大きく捉えていた語り口が一転し、秋の日々のなかのある一日、一日のなかのある時間へと、焦点は引き絞られる。しかし、何月何日の何の刻といったふうには語られない。日時を限定する表現の要となっているのは、「肌寒き」という言葉である。「肌寒」さを感じているのは、桐壺帝だ。更衣が存命であれば、この肌寒さを互いに温めあうことができたはずである。しかも夕暮といえば、男が女のもとを訪れる時間であるから、なおさら更衣の不在が身に染みる。夏から秋にかけての日々を、涙にひたって呆然と過ごしてきた帝が、「肌寒」さを感じ、更衣の不在を感じることで、ようやく季節や時間のうつろいに気づいた、という体なのである。

茫洋とした悲しみのなかに沈んでいた帝が、ひんやりした空気に接して「肌寒」さを感じたとき、彼の意識は悲しみのなかから身を起こし、野分めいた風を知覚し、時のうつろいを認識し、更衣の不在を改めて思って、悲しみを新たにする。帝の意識が働きはじめるのと、彼が外界に接してそこから何かを感受するのと、帝にとっての外界が生動しはじめるのと、すべて同時に起こっているのである。

帝は、更衣の実家へ靫負命婦を遣わすことにする。この命婦は、野分の段だけに登場する人物である。彼女が、更衣の実家へ入っていくところを見てみよう。

C命婦、かしこにまで着きて、門《かど》引き入るるよりけはひあはれなり。やもめ住みなれど、人ひとりの御かしづきに、とかくつくろひ立てて、めやすきほどにて過ぐしたまひつる、闇にくれて臥ししづみたまへるほどに、草も高くなり、野分にいとど荒れたる心地して、月影ばかりぞ、八重葎《やへむぐら》にもさはらずさし入りたる。南面《みなみおもて》におろして、母君もとみにえものものたまはず。（桐壺①二七）

「かしこ」とは、二条にある更衣の実家、故按察大納言の屋敷である。牛車を屋敷の門内に引き入れるや、辺りの「けはひ」は一変し、命婦は「あはれ」と感じる。帝の使者であるから、中門などで下車することなく、牛車に乗ったまま屋敷のなかへずっと入っていく。牛車に揺られながら、命婦は、更衣在世時と今とを比べずにはいられない。更衣が生きていたころ、更衣の母は、夫を亡くした身でありながら、更衣の宮仕えを立派に後見し、娘が恥をかかぬようにあれこれ気を配ってきたものだが、更衣を喪ってからは、庭の手入れもやめてしまい、悲しみに沈むばかり、そのため庭は雑草が生い茂り、さらに野分のせいでいっそう荒れてしまったようで、牛車も進みづらいありさま、この雑草に阻まれることなく入ってくるのは月の光ばかり、というのである。命婦がそんな感慨に沈んでいるうちに、牛車はようやく寝殿に辿り着く。その南正面の階段のところで牛車から下りた命婦を、母君は内に招じ入れて対面するのだが、二人ともしばらく言葉が出てこない。

このようにCは、命婦に寄り添いながら、更衣実家の門を入るところから、寝殿で母君と対面するところまでを語っている。命婦の体験を通して、更衣実家の悽愴たるようすが立ち現れてくるし、命婦の観察や想起によって、娘の生きていたころは気を張って頑張っていた更衣母が、いまやすっかり魂の抜けたようになっているさまも窺われるのであるが、また、更衣実家のようすを体験する主体、そこから影響を受けて物思う主体として、命婦という、感受性豊かな人物の姿も立ち現れてくるのである。

ここでもまた、人物が魂を宿すこと、人物の周りにある物どもが命をはらみ、時間が刻々と進み、空間が立ち現れること、人物が周りの物から影響を受けること、これらがすべて同時に成り立っているのである。

ところで、『源氏物語』若紫巻冒頭や桐壺巻野分の段のような文体は、和歌に由来するのではないかと思われる。次節以下で、その点について見ることにしよう。

3　屏風歌

九世紀末から十一世紀初頭にかけて、ある種の屏風が流行した。屏風全体には、大きな風景が描かれている。その大きな風景は、山や谷、川や池、森や林などによって、いくつかの景に区切られる。それぞれの景のなかには、たいてい人物が描かれている。屏風の右端の景は春、左へ行くにつれて季節は進み、夏の景、秋の景、そして屏風の左端に冬の景が描かれる。あるいは、右端の一月の景から順に、左端の十二月の景まで、十二ヶ月の景が描かれることもある。それぞれの景の近くには、色紙形というスペースが設けられ、そのなかには和歌が記される。十世紀を中心に、このような屏風が流行したのである。

屏風の色紙形に書かれる和歌を、屏風歌という。ここで、屏風歌の例を見てみよう。『貫之集』巻三の、「承平五年（九三五）十二月、内裏御屏風の歌、仰せによりて奉る」とある歌群から、ごく一部を掲げる。[*3]

月夜に、女の家に男いたりてゐたり

山の端《は》に入りなんと思ふ月見つつ我は外《と》ながらあらんとやする

女、返し

久方の月のたよりに来る人はいたらぬ所あらじと思ふ

屏風に描かれたいくつかの景の一つに、右の二首が書き添えられている。その景を想像してみよう。「月夜」とあるから、月の美しい夜である。月はいま「山の端に入」ろうとしている。場所は女の家。ところで、屏風にはよく山里の家が描かれる。この女の家も山里にあり、「山の端に入」る月が間近く見えるのではないだろうか。この家に、男が来て座っている。「我は外ながらあらんとやする」とうたうことから、座っているのは女の家の外ということが分かる。おそらく女の家の簀子に、男は腰掛けているのだろう。御簾をはさんで、家の内には女がいるはずだ。

つまり、この景に描き込まれていたと考えられるのは、山、稜線近くの月、山里の家、その簀子に座る男、御簾の内の女、である。山と月と山家が描かれた絵だが、そのなかに男の姿と、御簾に半ば隠れた女の姿とがある。男と女は風景のなかに埋没して、さほど目立たないかもしれない。

しかしこの絵を、近くに書き添えられた歌「山の端に……」「久方の……」とともに見ると、男と女にスポットライトが当たる。男は、「月が山に入るように、ぼくもあなたの家に入りたい」という意味の歌を詠む。すると女は、「月の光はあらゆる家のなかに入っていきます。月の美しい晩とてやって来たあなたは、きっとあらゆる家に入っていく浮気者でしょう。そんな人を家には入れませんよ」という意味の歌を返す。歌の意味を見るかぎりでは、女は男を拒絶しているようであるが、しかし、男に歌を返していること自体が、じつはまんざらでもないことを示していよう。この男と女は、歌を詠み交わしながら、相手の気持や人柄などを探りあっていて、しかもそれを楽しんでいるようである。女は、男が簀子に腰掛けることは許しているが、家の中に入ることはまだ許可しない。この二人は、これまでさまざまな交渉を重ねてきたのであろうし、この後も駆け引きしながら関係を進展させていくことが推測される。なぜ女は、この山里に居を構えるに至ったのか、なぜ男は、山里に隠れ住む女を知るようになったのか——などと、女と男がそれぞれに備えている人生の厚みにも興味が沸いてくる。

こうして歌とともに見ることで、屏風の一景のなかに描かれた画中人物が、突然、人生の厚みを持った人間として息づきはじめ、歌を詠み話し行動し感じ考えはじめるのである。

ところで、絵のなかの人物が生命を宿して動きはじめるとき、周囲の景物を歌に詠んでいる、ということは見逃せない。絵には、山とその稜線近くの月とが描かれているわけだが、それだけでは、月は山から出たばかりなのか、山に沈もうとしているのか、分からないはずである。しかし、男が「山の端に入りなんと思ふ月」と詠むことで、後者と定まる。まもなく月が山に入り、辺りは真っ暗になる、そういう時間であることになる。画中の景に時間が流れはじめたのである。男は、慣れない山里で暗闇のなかに一人取り残されることを思えばこそ、山に入ろうとしている月に自分もあやかりたい、家に入れてほしいと切実に嘆願する。女は、まもなく訪れる漆黒の闇のことはあえて無視して、男を月の光に喩え、男の嘆願を拒絶する。

画中人物が魂を宿して息づきはじめ、周囲の景物を目にして歌に詠み込むとき、周囲の景物にも生命が宿り、時間が流れはじめ、空間が立ち現れる。しかしまた画中人物は、周囲の景物に寄せて、自分や相手のことを歌に詠む。周囲の景物があってこそ、歌は成り立ち、画中人物に生命が宿るのである。

つまり屏風絵において、画中人物に魂が入り、生き生きと動き感じはじめること、人物が周囲の景物を感じ受けとめ、景物に寄せて自分の感情・考えを表すこと、景物に魂が宿り、時間が流れはじめ、空間が立ち現れること、これらはすべて同時に起こると言ってよいのだ。

こうした特徴は、古代和歌の多くに見られる〈心物対応構造〉に由来していよう。鈴木日出男氏は、「古代和歌の表現を形づくっている最も主要なかたちとして〈心物対応構造〉と称せらるべき表現構造」がある、「それは、事物現象を表す言葉と心情を表す言葉がたがいに対応しあうことによって、歌中の〈心〉〈物〉いずれの言葉をも超えて新たなイメージを構築しうるというしくみである」と述べている。[*4] 詠み込まれた物象は、詠者の周囲にあると限らないが、しかし屏風歌の場合は画中に、歌を詠む人物と歌に詠み込まれる物象とが描かれる。屏風絵に描かれた人物や物象は、それだけでは単なる絵にすぎず、息もしないし、動かないし、音も立てない。しかし、〈心物対応構造〉の和歌を、画中人物が詠むや否や、すべてが一斉に生動しはじめるのである。

以上見てきたような屏風の特徴は、『源氏物語』若紫巻冒頭や桐壺巻野分の段に見たそれと共通していることが分かるだろう。これは偶然なのだろうか、それとも、屏風と『源氏物語』には何らかの関係があるのだろうか。

4　屏風と物語

第3節で見た屏風について、玉上琢彌氏は、「歌人は、屏風絵中に描かれている人物の心になって、作歌するということである。屏風絵を見ている者としてよむのではない。歌人は仮に画中の人物となり、画中の景色を眺めながら作歌するのである。フィクションである」と述べ、屏風絵と「フィクションたる物語」との深い関わりに注目した。[*5]

この玉上氏の論を承けて、清水好子氏は次のように指摘した。やまと絵障屏画は「本来風景画であり、家屋や人物を取り込みつつ、時に人物に焦点が当てられ、恋の歌が色紙形に貼られることがあったにしても、画面を支配する視覚の論理は、遠近の山水や樹木との均衡調和を壊さぬものであることを求められた」。「屏風や障子の絵は四季の風物と共存しなければならぬために、むしろそれらが主であるために、より人間関係に重点を移した物語を引き受けることはできなかった。本来風景画である性格が邪魔をしたのである。私は人物に比重を置いた物語絵を描いたのが紙絵だと思う。もちろん、紙絵にも、四季や名所絵は描けるけれども、人物が風景から解放されうる画面が紙絵だったと言えよう」。[*6]

この清水氏の論を承けて、池田忍氏は、「当時の言葉で「紙絵」と呼ばれる小画面の世俗画」と物語との関わりを論じた。「紙絵」のなかに、「人事を主題とする部分だけを、屏風絵から抜き出してクローズアップした図様」をもつものがあった。こうした図様が「一葉毎の紙に独立して」描かれるとき、「より身近に置いて、手に取っての享受が可能な故に、文学的な想像は自由に広がったのではなかろうか」。「看者は自由な見立てを許す絵を前にして、想像の翼を広げ、和歌を詠み、恋物語を作り出したに違いない」。このような紙絵は「女絵」と呼ばれ、十世紀後半から十一世紀初頭にかけて盛んに制作されたものと考えられる。「女絵」は、「自分達の内的、心理的洞察を深めていった王朝の女流文学の成長に深く結び付いていたのではなかろうか[*7]」。

つまり物語には、屏風から発達してきた、という一面もあることになる。とすれば、屏風と物語が同じ特徴を備えていても不思議はないだろう。

＊

ところで物語には、第2節で見たAのような部分と、B・Cのような部分とがある。B・Cのような部分を〈場面〉、Aのような部分を〈場面以外〉、と呼ぶことにしよう。〈場面〉では、人物たちの生きている空間・時間が、原寸大といった感じで描かれる。我々がふだん、時間や空間を体験しているのと同じように、人物たちも時間や空間を体験しているのである。とはいえ、〈場面〉か〈場面以外〉かの、厳密な線引きは難しい。第1節で見た、「信貴山縁起絵巻」延喜加持巻第一段の、信貴山にて帝の使者と命蓮聖とが会話する箇所なども、原寸大の空間はあまり感じられないものの、〈場面〉と呼んでもよいかもしれない。同じく第1節で見た、『源氏物語』若紫巻冒頭の、光源氏が北山へ入っていき、聖と会う箇所なども、時間がところどころ省略されているものの、〈場面〉と呼んでもよいかもしれない。しかし、「信貴山縁起絵巻」延喜加持巻第一段と『源氏物語』若紫巻冒頭は、かなり異なるタイプの〈場面〉である。第2節のB・Cなどは、後者のタイプに属す。

屏風絵や女絵を見る者は、画中人物の立場にたって、歌を詠んだり会話したり、つまり、さまざまな画中人物をアドリブで演じながら、物語の〈場面〉をつくりだして楽しんだものと思われる。屏風から発達してきた側面が濃厚なのは、〈場面以外〉ではなく、〈場面〉であり、また、同じ〈場面〉のなかでも、「信貴山縁起絵巻」タイプの〈場面〉ではなく、『源氏物語』タイプの〈場面〉であるといえよう。

5　場面と場面以外

『源氏物語』は、〈場面〉と〈場面以外〉を織り交ぜている。どのようなところが〈場面〉として語られ、どのようなところが〈場面以外〉として語られるのであろうか。

たとえば主人公・光源氏の誕生は、「前《さき》の世にも御契りや深かりけん、世になくきよらなる玉の男御子《をのこみこ》さへ生まれたまひぬ」（桐壺①一八）とだけ、〈場面以外〉として語られる。桐壺更衣に寄り添い、息子をはじめて抱いたときの心情などを織り交ぜて、〈場面〉として語ることなどもできたはずであるが、そうしていない。

あるいは、第2節でその始めの部分を見た野分の段は、『新編日本古典文学全集』本で10ページほどにわたる、非常に長い〈場面〉となっている。その内容は、故桐壺更衣の実家に桐壺帝が使者を遣わす、というもので、さして重要そうに見えない。『源氏物語』桐壺巻は、『新編日本古典文学全集』本でいうと34ページほど、そのなかで帝の桐壺更衣寵愛・光源氏誕生・桐壺更衣死去・皇太子決定・高麗人の観相・藤壺入内・光源氏の元服と結婚といった重量級の話題をスピーディーに語っていく巻であるが、その3分の1近くを野分の段が占めているのである。第2節のAにあったように、野分の段の前から、帝は更衣実家にしばしば使者を派遣してきたし、おそらく野分の段の後も、使者は遣わされたであろう。なぜ、靫負命婦が使者に立った、野分めいた風の日のことが、特に選ばれて、長大な〈場面〉として描かれねばならなかったのか。なぜ、野分の日のことを、〈場面以外〉としてサラッと語らなかったのか。

*

まずは、光源氏の誕生について考えよう。この皇子の誕生が語られるのは、『源氏物語』の冒頭近く。物語は次のように始まる——帝が身分高からぬ更衣を寵愛し、そのことが波紋を広げていく。はじめは他の女御や更衣が嫉妬するという後宮内の問題であったが、やがて上達部や殿上人という宮廷の男性たちも問題視しはじめ、ついには天下の人々も非難するに至る。問題の更衣は、母君が頑張ってくれてはいるものの、父や兄弟のいない心細いありさまである——。続いて語られるのが、帝と更衣の子、光源氏の誕生である。この第二皇子の超絶的な素晴らしさが、第一皇子と比較しながら語られる。帝は第二皇子を秘蔵っ子として寵愛し、その母更衣の待遇にも配慮するようになる。ここで第一皇子の母、弘徽殿女御が登場する。更衣の敵役であるが、物語冒頭の、女御・更衣たちの嫉妬を語るところでは、まだ登場しない。「疑ひなきまうけの君」（①一八）と思われていた我が子の立場が、第二皇子の存在によって脅かされていると感じるや、彼女は物語に登場し、活躍し始めるのである。

このように物語冒頭は、宮廷を中心とする世界に、帝の更衣寵愛やその皇子誕生が波紋を広げていくさまを、俯瞰的に語っていくのである。ある時ある所に降り立ち、ある人々に寄り添って〈場面〉を語り出していくのではない。池のある一点における短い時間内の出来事を注視していても、池に投げ込まれた石が波紋を広げていくようすを見ることはできない。物語世界をいわば高いところから眺めてこそ、語りうることもあるのだ。『源氏物語』の冒頭部分が語り出すのは、〈場面〉ではなく〈場面以外〉を以てこそ語りうることなのである。

＊

次に、野分の段について考えよう。この段において帝は命婦を更衣実家に派遣するが、その目的は何だろうか。命婦は更衣母に、帝の伝言をつたえ、帝からの手紙を渡している。それらの内容はだいたい同じ、若宮（光源氏）と一緒に参内しませんか、と更衣母に勧める内容である。これを伝えることがこの訪問の目的であった、と考えてよいのだろう。

もうすこし詳しく見ておけば、帝が特に願っているのは、若宮の参内であると考えられる。そのことは、野分の段直前のAに、「若宮の御恋しさのみ思ほし出でつつ、親しき女房、御乳母などを遣はしつつありさまを聞こしめす」とあったことなどから推測される。今井上氏は、『源氏物語』周辺の事例を調査して、「母后と死別した皇子女は、その年齢に関わらず――つまり服喪すべき年に達していようがいまいが――一定期間を内裏以外で過ごし、しかる後入内するというのが一般的なあり方」であり、「四十九日の法事が、母后を失った御子たちにとっては内裏還御の大きな目安であったろう」と述べる。そして、野分の段で桐壺帝が命婦を遣わして若宮の還御を促す、「その前提となっているのは既に季節が夏から秋へと移る中で、更衣の四十九日の法事が懇ろに営まれたという事実なのであろう」、Aに「はかなく日ごろ過ぎて、後のわざなどにもこまかにとぶらはせたまふ」とあることがそれを示唆している、と指摘する。[*8] 風が冷たくなったのを感じ、更衣が亡くなった夏からだいぶ時が経ったことを知った帝は、そろそろ若宮が宮中に戻ってもよいころと考えて、参内を勧めるべく命婦を派遣したのであろう。しかし、今や若宮が唯一の生き甲斐となっているのは、更衣母も同じこと。だから帝は更衣母に、若宮に付き添っての参内を勧め、「もろともにはぐくむ」むことを提案するのであろう（桐壺①二八）。とはいえ、帝の伝言に「忍びては参りたまひなんや」とあるように（桐壺①二八）、更衣母の参内は、「忍びて」なさるべきことである。宮廷の口さがなさを嫌というほど知る更衣母が、そのような参内の勧めを受け入れるはずもなく、彼女は「いと憚り多くなん」（桐壺①二九）と回答することになる。

しかし、訪問の目的がそれだけならば、命婦が帝の伝言と手紙を伝え、母君が口頭で答え、かつ手紙をしたためて、用件は終わるはず。だが野分の段には、余計な部分が多いのである。第2節で見たCも余計であろうし、また、この使者訪問の用件が終わったあと、

宮は大殿籠りにけり。(命婦)「見たてまつりて、くはしう御ありさまも奏しはべらまほしきを、待ちおはしますらむに、夜更けはべりぬべし」とて急ぐ。(桐壺①三〇)

とあるにもかかわらず、それに続くのは、更衣母の長広舌なのである。母君の長台詞は、

と言ひもやらずむせかへりたまふほどに夜も更けぬ。(桐壺①三一)

という地の文で承けられ、続いて命婦の長い返事が記される。その返事の後は、こうだ。

と語りて尽きせず。泣く泣く、(命婦)「夜いたう更けぬれば、今宵過ぐさず御返り奏せむ」と急ぎ参る。月は入《い》り方《がた》の、空清う澄みわたれるに、風いと涼しくなりて、草むらの虫の声声もよほし顔《がほ》なるも、いと立ち離れにくき草のもとなり。

(命婦)鈴虫の声のかぎりを尽くしても長き夜あかずふる涙かな

えも乗りやらず。

(母君)「いとどしく虫の音《ね》しげき浅茅生《あさぢふ》に露おきそふる雲の上人《うへびと》かごとも聞こえつべくなむ」と言はせたまふ。(桐壺①三一～三二)

波線部を見ると、「夜更けはべりぬべし」→「夜も更けぬ」→「夜いたう更けぬれば」と、時間が推移している。二人の長台詞は、傍線部「とて急ぐ」と「と急ぎ参る」で挟まれていて、命婦が帰参を急いでいるにもかかわらず、二人は長々と語らい、そのあいだ刻々と夜は更けていく、

という状況を読み取ることができる。

「急ぎ参る」と命婦が座を立つ。続く「月は入り方の……いと立ち離れにくき草のもとなり」により、命婦が、牛車の待つ南の簀子に出てきたことが分かる。更衣母と語らっていた室内では、月も空も見えず、風も感じられず、虫の声も聞こえなかった。いま簀子に出で立った命婦に、それらが迫ってくる。帰参を急いでいるはずの命婦は、「いと立ち離れにくき」と感じ、歌を詠んで、なかなか牛車に乗ることができない。見送りに出ていた女房が、命婦の歌を室内の更衣母に伝え、その返歌を聞いてまた牛車の所へ戻ってくる。「急ぐ」が繰り返されていたわりには、のんびりしたペースである。

つまり野分の段では更衣母も命婦も、用件のみをサッサと片付けるのではなく、かなり道草を食っている。また、語り手も、命婦が更衣実家に入っていくところ（C）から語ったり、用件を終えた二人の長いおしゃべりや歌の贈答を記したりと、やはり道草を食っているのである。

しかも語り手の道草と指摘した、Cと用件終了後のおしゃべりとは、じつは因果関係を持っているように思われる。Cで命婦は、更衣の実家の門から入り、牛車にゆられながら、更衣生前とは打って変わって荒れはててしまった様子に、胸を衝かれていた。更衣生前の母君が、女手ひとつで更衣に恥をかかせないよう努力していた様子を思い出し、今やその気の張りを失って崩れ落ちてしまっている更衣母の様子を、荒れはてた庭から想像して、心を動かされていたのである。

だからこそ、用件が終わって「待ちおはしますらむに、夜更けはべりぬべし」と言って急いでいるにもかかわらず、更衣母が長々としゃべりはじめても、命婦はちゃんと耳を傾け、そして、長長と答えるのであり、帰ろうとして牛車のところまで出てきてもなお、「いと立ち離れにくき草のもと」と感じて、更衣母に歌を詠みかけずにはいられないのである。

命婦の更衣実家訪問は、命婦が更衣の実家へ入ってゆく→命婦と更衣母が対座する→牛車に乗る際に命婦と更衣母が和歌を贈答する、という具合に展開する。ところで清水好子氏は、次のような指摘をした。『源氏物語』の「各巻は、それぞれ纏ったいくつかの話に分けることができる」、それぞれの話は「中心になるような一場面（または数場面）を持っている」、「その場面の内容」の「主流をなすものは、人と人との出会い、それもほとんどが屋内に対座する姿であり、その多くは、男女が相対するものである」[*9]。この考えでいけば、野分の段の中心は命婦と更衣母の対座である、ということになろう。たしかに、この訪問の目的が果たされるのは、対座の場にちがいない。とすれば、対座の場を挟むように、草生す庭を見て命婦が胸を痛めることが記されるのは、「対面の一段を、もっとも効果的な場所に置くための準備と、余情を重んじたからのことである」[*10]ということになろうか。しかしそうではあるまい。車中の命婦（C）・対座・和歌贈答は、互いに関連していて、一続きの流れを生み出しているのである。一連の道草は、けっして余計なものではなく、むしろ、この野分の段の核心部分といってもよいのではないか。というのも、野分の段で帝は命婦を派遣して、若宮を参内させてほしい、というメッセージを更衣母に伝えているわけだが、それは、わざわざ〈場面〉を構えて語るほどのことだろうか、と疑問に思わざるをえないからである。野分の段が〈場面〉として構えられた理由は、道草と見えるところにこそ在るのではないか。

藤井貞和氏は、この野分の段を、桐壺帝と桐壺更衣の別れの場面と関連づけて考える。[*11] 危篤状態の桐壺更衣は、宮中から実家へ退出する直前、帝に歌を詠みかける。その歌「かぎりとて別るる道の悲しきにいかまほしきは命なりけり」(①二三)について藤井氏は、「平安時代のうたが、実際のうたにしても、このような物語歌にしても、何万首、何十万首つくられたか知らないが、世をはかなみ、短い命をあわれとこそうたえ、このうたのように「生きたい」と、悲しい死の離別の床でうたうことは、類例の多くあることでない。なぜここに、生きたいとうたったのか。何かを帝に、このうたで訴えているのである」とする。歌に続けて更衣は「いとかく思ひたまへましかば」(①二三)と口にするが、それ以上言葉は続かず、「と、息も絶えつつ、聞こえまほしげなることはありげなれど、いと苦しげにたゆげなれば」(①二三)という地の文が続く。「とにかくここに更衣が何をか言いさしているところに、いわばことばで訴えることを超え、眼や表情で何かを訴えようとしている更衣の「遺言」が感じられればいい」、更衣が「何を申しあげたいのか。帝にも、その時点で、はっきりとわかるべくもないことではあろう」と藤井氏は述べる。そして、「ここに更衣が何を言おうとしたのかを読者に知らせ、そして帝に合点させているのがかの靫負命婦の訪問において桐壺更衣の母君が語った内容であることは、いま、あまりにも見易い理屈だ」とする。「桐壺更衣の母君が語った内容」は、野分の段の用件終了後、母君がふるう長広舌のなかにみえる。

故大納言（＝桐壺更衣ノ父）、いまはとなるまで、ただ、「この人（＝桐壺更衣）の宮仕《みやづかへ》の本意《ほい》、かならず遂げさせたてまつれ。我亡くなりぬとて、口惜しう思ひくづほるな」と、かへすがへす諫めおかれはべりしかば、はかばかしう後見《うしろみ》思ふ人もなきまじらひは、なかなかなるべきことと思ひたまへながら、ただかの遺言を違へじとばかりに出だし立てはべりしを、（①三〇）

命婦との私的な語らいのなかに出てきた言葉であるが、宮中に戻った命婦は、これをも帝に報告したらしい。命婦の報告を聞いた帝は、次のように述べている。

「故大納言の遺言あやまたず、宮仕《みやづかへ》の本意《ほい》深くものしたりしよろこびは、かひあるさまにとこそ思ひわたりつれ、言ふかひなしや」とうちのたまはせて、いとあはれに思しやる。「かくても、おのづから、若宮（＝光源氏）など生ひ出でたまはば、さるべきついでもありなむ。寿《いのちなが》くとこそ思ひ念ぜめ」などのたまはす。（①三四）

藤井氏は、「源氏物語の発端は、桐壺更衣一家の「遺言」からはじまっている、ということができるであろう」と言う。「桐壺更衣の「遺言」」ではなく、「桐壺更衣一家の「遺言」」であることが重要であろう。故大納言の遺言を受けて、母君は娘を入内させたが、後盾のない入内は苦労の連続、ようやく待望の若宮を得たものの、結局更衣は亡くなってしまった。野分の段で命婦が訪れた更衣の実家・故大納言邸は、高く茂った雑草に閉ざされ、草むらには虫がないている。この邸には、多年にわたる一家の思いが鬱然と籠っているかのようなのである。その奥深くに育まれている若宮は、一家の思いを添えて、まもなく宮中に送り返される。故大納言の遺言、更衣の「遺言」、更衣母の思い、そのすべて受けとめた帝は、若宮をしかるべく処遇しなければならない、と決意する。ここから光源氏の物語は始まるのである。

つまり野分の段においては、桐壺更衣一家の思いを、命婦を介して、帝が重く受けとめることが描かれるわけだが、これは〈場面〉、しかも〈和歌的文体〉による〈場面〉によってこそ描きうることだったのではないか。

この段がもし、「信貴山縁起絵巻」タイプの文体を採用していたならば、荒れはてた庭の描写などはなく、いきなり命婦と更衣母の対座が描かれ、命婦は、母君の言葉から一家の考えを知ることになったであろう。しかし母君は、「かへりてはつらくなむ、かしこき御心ざしを思ひたまへられはべる」（①三二）、つまり、帝のご寵愛を恨めしく思うなどと不穏当な発言もしているので、命婦と母君が多少なりとも対立的になることは避けがたいように思われる。

じっさいの野分の段は、〈和歌的な文体〉を採用している。命婦は、まず更衣実家の草に閉ざされた庭に、そして母君の長すぎる言葉に、一家の思いを感じとり、それを自分の思いとして受けとめ、帝に伝えている。心と景をからめて表現する〈和歌的な文体〉を採用しているからこそ、命婦は景を媒介として自分の心を更衣一家の心に寄り添わせることができるのであるし、また、この段は道草ばかりとも見える長い〈場面〉となるのである。

6　おわりに――信貴山縁起絵巻の絵――

『源氏物語』に見られるある種の文体について、「信貴山縁起絵巻」の詞の文体と対比しながらその特徴を説明し、屏風歌とかかわるであろうこと、〈場面〉を語り出す文体であること、などを述べてきた。

その〈和歌的な文体〉が、じつは「信貴山縁起絵巻」の絵のほうには見られるのである。たとえば延喜加持巻第一段の詞は、帝の使者の信貴山行きを「行きて」とだけ表現しているが、絵のほうは、使者の一行が宮廷の門を出て行くところから始めて、馬に乗っていよいよ出発するところ、信貴山中を進むところなど、信貴山の命蓮聖のもとへ向かう道中を延々と描いていくのである。はじめは胸を張って意気揚々と出発した使者一行も、信貴山中を進む頃には、目線が下がり、姿もすこし小さくなって山襞に半ば以上隠れ、その輪郭も謹厳な線で描かれる。目的地が近づいてきたので緊張しているということもあろうが、信貴山の雰囲気にのまれて萎縮しているようにも見える。絵は、帝の使者と命蓮聖の会話の内容について、細かく描き出すことができない。その代わりに、使者一行の信貴山への道中を描き出し、彼らが信貴山の雰囲気にのまれる様子を描いて、信貴山に住む命蓮のペースで交渉が進むことを示唆しているのではないだろうか。

この絵巻では、さまざまな人々が信貴山へと旅をする。それらの旅の道中を、絵は繰り返し、延々と描き出す。旅の目的は、飛んで行ってしまった蔵を取り戻すためであったり、宮廷へ来て祈るように告げるためであったり、帝の病気を治した褒美をあげるためであったり、さまざまであるが、かならずしも思い通りには果たされない。この絵巻の絵は信貴山について、人々を引き寄せ影響を及ぼす山、世俗の思惑を超えたところにある山、と語り出しているようである。

以上見てきたように、〈和歌的な文体〉が語り出す〈場面〉においては、人と人が対座する箇所に劣らず、そこへ至る道中などの、道草と見える箇所も重要なのである。すなわち、景を感受することで人がなにがしか変化したり、景を媒介として人と人とが心を寄り添わせたり、といったことが起きて、その人が果たすつもりだった目的からいささか外れたところへと物語が動いていくのである。

注

＊1　島津久基『対訳源氏物語講話　第四巻　若紫』（中興館、一九四〇年）。

＊2　『源氏物語』の引用は『新編日本古典文学全集』（阿部秋生・秋山虔・今井源衛・鈴木日出男校注・訳、小学館）に拠り、その巻数とページ数を示す。

＊3　『貫之集』の引用は『貫之集全釈』（田中喜美春・田中恭子著、風間書房、一九九七年）に拠る。

＊4　鈴木日出男『古代和歌史論』（東京大学出版会、一九九〇年）。

＊5　玉上琢彌「屏風絵と歌と物語と」（『国語国文』第二二巻第一号、一九五三年一月。『源氏物語評釈別巻一　源氏物語研究』（角川書店、一九六六年）所収）。

＊6　清水好子「源氏物語絵巻への道——吹抜屋台の構図をめぐって——」（『文学』四二号、一九七四年三月。『源氏物語の文体と方法』（東京大学出版会、一九八〇年）所収）。
＊7　池田忍「王朝「物語絵」の成立をめぐって——「女絵」系物語絵の伝統を考える——」（『東京女子大学読史会紀要・史論』第三七集、一九八四年）。池田忍「平安時代物語絵の一考察——「女絵」系物語絵の成立と展開——」（『学習院大学哲学会誌』第九号、一九八五年）。
＊8　今井上「三歳源氏の内裏退出——桐壺巻の時間と准拠」（『東京大学国文学論集』第一号、二〇〇六年五月。『源氏物語　表現の理路』（笠間書院、二〇〇八年）所収）。
＊9　清水好子「源氏物語の作風」（『国語国文』二二巻一号、一九五三年一月。『源氏物語の文体と方法』（東京大学出版会、一九八〇年）所収）。
＊10　＊9に同じ。
＊11　藤井貞和「神話の論理と物語の論理」（『日本文学』一九七三年一〇月号。『源氏物語の始原と現在』（砂子屋書房、一九九〇年）所収）。

藤原定家の恋歌
――「つらき心の奥の海よ」――

谷　知子

1　定家の恋歌

尋ねみるつらき心の奥の海よ潮干の潟のいふかひもなし
（『新古今集』恋四・一三三二・藤原定家）

（尋ねてみる、冷淡な恋人の心の奥の海よ。そこは潮の干いた潟のように乾ききって、貝もないように、もはや何も言う甲斐もないほど愛は涸渇していた）

この歌は、特異な恋歌と評価されることが多い。例えば、塚本邦雄氏は「超現実絵画のパノラマ」[*1]と評し、橋本治氏は「叙景にからめた絶望の歌」と形容する。[*2]確かに、あたかも恋人の心の中に海が広がっていて、そこを尋ねていくような非現実的な情景が描かれている。そして、その海には貝ひとつない枯渇した浜辺が広がっていて、恋の終焉、絶望的状況を象徴している。まさに、現実と非現実、風景と心情が融合し、風景でもなく、心情でもない世界が展開されているのだ。

この歌は、『千五百番歌合』恋二・一二一九番の右歌である。判者顕昭は、「伊勢より御息所の源氏のもとへたてまつる歌にいはく、伊勢島や潮干の潟にあさりてもいふかひなきはうき世なりけり。この歌の伊勢島をかへて、つらき心の奥の海となされ、潮干の潟にあさりてもいふかひなきはうき世なりとあるを、潮干の潟のいふかひもなしとかへられたり。うき世の詞をすてて恋の歌につくられたるなるべし」という判詞を書きつけている。この判詞に言うとおり、この歌の本歌は『源氏物語』の六条御息所の和歌である。

伊勢島や潮干の潟にあさりてもいふかひなきは我が身なりけり

（『源氏物語』須磨巻・六条御息所）

光源氏の須磨退去が決まり、伊勢に住む六条御息所に手紙が送られる。そして、御息所も返事をしたためる。この歌は、そこで詠まれた一首で、生きる甲斐もない自らの身の上を詠嘆したものである。「貝」と「甲斐」が掛詞になっていて、潮干の潟に貝が一つも落ちていない風景（「貝なし」）に、六条御息所が自らの生のつたなさ（「甲斐なし」）を重ねたのである。伊勢島は、伊勢

と同義で、御息所の娘が仕えた伊勢斎宮にちなみ、伊勢の海を意味している。伊勢は、美しい貝が獲れる海として有名で、例えば、

伊勢の海人の朝な夕なに潜くといふ鮑の貝の片思《かたもひ》にして

(『万葉集』巻一一・二七九八、『新勅撰集』恋四・八七二・読み人しらず)

伊勢の海玉寄る浪に桜貝かひある浦の春の色かな

(『拾遺愚草』一二〇六)

のごとくである。

また、伊勢の海と「かひなし」が結びついた例も古くから見られる。

西四条の斎宮まだみこにものし給ひし時、心ざしありて思ふ事侍りける間に、斎宮に定まりたまひにければ、その明くる朝に榊の枝にさして、さし置かせ侍りける

伊勢の海の千尋の浜に拾ふとも今は何てふかひかあるべき

(『後撰集』恋五・九二七・藤原敦忠[*3])

藤原敦忠が、醍醐天皇皇女雅子内親王に求愛していたが、内親王が斎宮に卜定されてしまったので、思いを断ち切らなくてはならなくなる。そこで敦忠が、詠み贈った歌である。伊勢斎宮に

ちなんで伊勢の海が詠まれている点、「貝」「甲斐」の掛詞になっている点、ともに『源氏物語』の六条御息所の歌と同じである。そして、二人の関係が実りを結ばない、想っても仕方がないという絶望的な状況を、「甲斐なし」と歌っているのだ。この歌もまた、恋の絶望的な状況を、貝がない浜辺の風景に喩え、甲斐なしと詠んでいるのである。

ここで、定家の歌に戻ってみよう。『源氏物語』の六条御息所の歌と定家の歌との違いは、大きく二点ある。まず一点目は、『源氏物語』では「憂き世の詞」(『千五百番歌合』判詞)であったのに、それを恋歌にとりなしているというところである。しかし、『源氏物語』にしろ、『後撰集』にしろ、閉塞的な状況が前提になっているので、絶望的な恋という点では、定家の歌に通じるものがある。ただ、定家の場合は、状況が絶望的なのではなく、恋人の心が絶望的なのである。恋人の愛の枯渇が「甲斐なし」の原因なのである。二点目は、「伊勢島」を「心の奥の海」に変えているというところである。伊勢島は実在の土地であるが、「心の奥の海」は実在しない。陸奥のイメージがあるという指摘もあるが[*4]、たとえそうだとしても、「心の奥にある海」が、現実には存在しない海であることに変わりはない。あくまで、想像上の海である。ここに定家の恋歌の革新性があるのだ。

以下、この定家の恋歌一首を丁寧に読み解きつつ、定家の恋歌の革新性に迫ってみたい。

2　心の奥の海

まず、定家の歌の「心の奥の海」に注目したい。

心を海に喩えた歌は少なくない。そして、その場合、特性として取り上げられるのは、その深さである。例えば、

女のもとにつかはしける
わたつ海に深き心のなかりせば何かは君を怨みしもせん
（『後撰集』恋一・五八四・読み人しらず）[*5]

渡つ海の深き心は有りながら恨みられぬる物にぞありける
（『拾遺集』恋五・九八三・読み人しらず）[*6]

のごとくである。海は深いものなので、その底は容易には知られない。そして、海の深さと同じように、心もまた深い。つまり、心も、その奥底（本心）は容易には知られないという連想につながっていくのである。

定家の「心の奥の海」は、こうした海の深さというイメージと無縁ではない。また、「心の奥」

という表現については、寺島恒世氏に詳細な論がある。[*7] 寺島氏は、まず鴨長明の歌論書『無名抄』の一節を引く。

いはゆる「露さびて」、「風ふけて」、「心の奥」、「あはれの底」、「月の有明」、「風の夕暮」、「春の故郷」など、初め珍しく詠める時こそあれ、ふたたびともなれば念もなきことぐせどもをぞわづかにまねぶめる。

「近代歌体」の条において、当代の歌の新奇な表現を羅列した部分である。この中に「心の奥」ということばが含まれているのである。寺島氏は、「心の奥」の初出例を、

むかし、陸奥の奥にて、なでうことなき人の妻に通ひけるに、あやしうさやうにてあるべき女ともあらず見えければ、
しのぶ山忍びて通ふ道もがな人の心の奥も見るべく
女、かぎりなくめでたしと思へど、さるさがなきえびす心を見ては、いかがはせんは。
（『伊勢物語』一五段）

とする。ここで、「心の奥」は恋人の本心、本性の意味に用いられており、「山」とは縁語関係で

結ばれている。山は、海同様に奥深いものだからである。山と海との違いはあるものの、恋人の「心の奥」を見に行きたいと願う点で、定家の歌と共通している。古注釈の多くが、定家の歌の本歌として、この『伊勢物語』の歌を引くのも当然であろう。本歌とまでいかなくとも、定家がこの歌から学んだことは間違いない。

ただし、この歌において、「心の奥」と、山の奥の風景は、結びついていない。あくまでもこの二つは縁語に過ぎず、「心の奥」は女の本心という一義にとどまっている。「心の奥」に奥山の風景が重ねられているわけではない。

定家の歌は、「心の奥」と「奥の海」という、心情と景物とが重なり合い、あたかも恋人の心の中に海が広がっているかのような、現実でもなく、心情でもない、特異な「風景」が描き出されている。ここに定家の歌の革新性があるのではないだろうか。六条御息所との恋のような、絶望的な状況、不毛な関係を表現する「言ふ甲斐(貝)なし」ということばを用い、このことばの伝統を利用しながら、そこを突き抜けて、特異な象徴的世界を構築してゆく革新性がこの歌にはある。

3　潮干の潟

次に、「潮干の潟のいふかひもなし」という、荒涼とした浜辺の風景に目を転じてみよう。

潮干の潟は、潮が引いて、干潟が露わになった浜辺である。潮が引いた後の干潟は、貝や石など、海の賜物が落ちているのが通常である。それなのに、その潮干のときにさえ、貝がないというのは、価値がないということなのである。

「貝もなし」の「かひ」から導かれる「いふ甲斐もなし」ということばは、我が身について形容されることが常である。定家詠の本歌である六条御息所の歌も、我が身の不遇を「いふかひもなし」と形容していた。他にも、

潮のまによもの浦浦尋ぬれど今は我が身のいふかひもなし

（『新古今集』雑下・一七一六・和泉式部）

など、いずれの用例も、我が身の不運、不遇、愛されない状況などを歎く例が大方である。

しかし、定家は、恋人の心の奥にある海の枯渇した状態を、「いふかひもなし」と詠んだ。もちろん、恋人の心中に自分への愛がなくなってしまった状態をいうわけだから、我が身に返ってくることは確かであろう。しかし、貝（甲斐）がないのは、あくまでも恋人の心の奥にある海であって、我が身の上ではないのである。ここに定家詠の革新性があるのだ。

もし、この定家詠の革新性の先蹤を求めるならば、二条院讃岐の次の歌ではないだろうか。

我が恋は潮干に見えぬ沖の石の人こそ知らね乾く間ぞなき

（『千載集』恋二・七六〇・二条院讃岐）

自らの恋を、潮干のときにも見えない沖の石に喩えた一首である。定家同様、貝や石が姿を表す潮干という時間に焦点をあて、そのひとときにさえ姿が見えないという状況や風景でもって、絶望的な状況を表現している。もちろん讃岐の場合、海の底に沈む石と自分の恋が、（水・涙で）乾く間もないという共通点による比喩であるが、海の底に沈んだまま浮かび上がることのない石が、悲しい恋の象徴であるかのような映像的イメージをもたらしていることは事実である。潮干の砂浜に貝ひとつ見られない枯渇した情景を描いて、不毛の愛を表現した定家詠の先蹤として位置付けるにふさわしい一首だと思う。

4　恋の終焉の風景

定家の恋歌の中から、恋の終焉を風景に託した例をもう一首だけ挙げてみよう。

消えわびぬうつろふ人のあきの色に身をこがらしの杜の下露

（『新古今集』恋四・一三二〇・定家）

（私の命は消えかねている。心変わりした恋人の、私に飽きた様子のために、我が身を焦がしている。木枯しが吹きすさび、滴り落ちようとする、木枯しの杜の下露のように。）

「尋ねみる」の一首同様、『千五百番歌合』の歌である。「秋」と「飽き」、「木枯らし」と「焦が（す）」が掛詞で、「消え」と「露」が縁語仕立てとなっている。心変わりした恋人のために死ぬほど苦しんでいる女心を、木枯らしが吹きすさぶ杜の中、木々から露が零れ落ちるという風景に託して表現している。吹きすさぶ秋の木枯らしは、「飽き」という残酷な響きをもたらす男の象徴、木枯らしに揺すぶられて苦しみ抜き、涙のような露を滴らせる木々は、女の象徴となっている。しかも、その露は、初句の「消えわびぬ」がかかっており、まだ完全には落ちきっていない、最後の一瞬をとらえているのだ。冬枯れに向う風景に、恋の終焉の風景を重ね合わせた、凄絶な一首である。[*8]

藤原定家は、革新的歌人と称される。しかし、定家は和歌の伝統をじゅうぶんに利用し尽くした歌人でもある。伝統を利用したうえで、そこを突き抜けて、その先に新しい世界を構築した歌人なのである。定家の革新性はどこにあるのか。定家の革新性を探れば、おそらくは新古今時代の和歌が見えてくる。

「尋ねみる」の歌を、橋本治氏は「叙景にからめた絶望の歌」と形容した。[*9]定家は、六条御息所や雅子内親王のような、絶望的状況を負う「かひなし」ということばを利用しながら、新しい風景を描こうとした。そして、その風景とは、人の心の奥にあるという、空想上の海の世界である。この空想上の風景は、定家たち新古今歌人たちが好んだ世界であろう。現実の風景を描いた本歌をふまえて、そこから空想の風景を構築していく。

例えば、

白妙の袖の別れに露落ちて身にしむ色の秋風ぞ吹く　（『新古今集』恋五・一三三六・藤原定家）
（袖と袖を分かつ後朝の別れに涙の露が零れ落ちて、まさに身にしみる色の秋風が吹いている）

は、「吹きくれば身にもしみける秋風を色なき物と思ひけるかな」（『古今和歌六帖』第一・三二三〇一・読み人知らず）という古歌を利用して、「身にしむ色」という、何色ともいえない、観念的な「色」を使って、後朝の悲しみを表現した。[*10]「飽き」を暗示する秋風が、「身にしむ色」で吹くと言われたとき、私たちは具体的な色を想像するのではなく、その悲しみの深さを想像しなければならないのである。

また、定家の代表的恋歌も同じである。

来ぬ人を松帆の浦の夕なぎに焼くや藻塩の身もこがれつつ

（来てはくれない恋人を待つ、松帆の浦の夕凪の時刻に、私は焼くわ、藻塩を。その塩と同じように私の身も焼き焦がしながら。）

（『新勅撰集』恋三・八四九・藤原定家、『百人一首』九七）

本歌は、『万葉集』の歌である。

名寸隅《なきすみ》の　船瀬ゆ見ゆる　淡路島　松帆の浦に　朝なぎに　玉藻刈りつつ　夕なぎに　藻塩焼きつつ　海人少女　ありとは聞けど　見にゆかむ　よしのなければ　丈夫《ますらお》の　情《こころ》はなしに　手弱女《たわやめ》の　思ひたわみて　徘徊《たもとほ》り　われはそ恋ふる　船梶を無み

（『万葉集』巻六・九三五・笠金村）

本歌は、主人公である男が、「名寸隅の船瀬」から、遠く淡路島を見て、海人少女たちを恋い慕っているという歌であった。それを、定家は、この男に恋焦がれられた、淡路島に住む娘さんになりかわって詠んだのである。しかも、本歌にはなかった、待つ女の情念という精神世界を、藻塩の煙に託して表現している。定家の歌の主役は煙である。風がないために右にも左にも流れず、空高くまっすぐ立ち昇る塩焼きの煙が、待つ女の情念の象徴となっており、この観念の世界こそが、定家が描きたかったものだと思う。

定家の歌は、絵画的とよく評される。しかし、定家が描く絵画的世界は、実は空想上の風景であることが多い。そのバーチャル性こそが定家の歌の本質だろう。定家が描いた空想上の風景は、何を表現しようとしたのか。それは、絶望であったり、待つ情念であったり、悲しみであったり、さまざまである。風景の背後にある精神世界こそが、定家の歌の本質なのだと思う。

注

＊1　塚本邦雄『定家百首　良夜爛漫』（一九七三・河出書房新社）。
＊2　橋本治『風雅虎の巻』（一九八八・作品社→一九九一・講談社文庫→二〇〇三・筑摩文庫）。
＊3　『大和物語』九三段には、「いせのうみちひろのはまにひろふともいまはかひなくおもほゆるかな」のかたちで見える。
＊4　「奥の海」を陸奥の海の意味に詠んだ例として、

尋ねてもあだし心をおくの海の荒き磯辺はよる舟もなし

（『続後拾遺集』恋一・七〇二・藤原実氏）

おくの海やえぞが岩やの煙だに思へばなびく風や吹くらん（『壬二集』二六八六）

などがある。
＊5　歌仙本『伊勢集』に「つらくなりたる人に」の詞書で収められている。伊勢の歌か。
＊6　『大和物語』五二段では、帝が娘の斎院に贈った歌として見える。『拾遺集』では、深い愛情を持っているのに、理解されないことを悲しむ恋歌として収められている。
＊7　寺島恒世「歌語「奥」考」（『国語国文』五六巻一〇号、一九八七・一〇）。

＊8　藤原家隆に次のような類歌（「水無瀬恋十五首歌合」）がある。

思ひ入る身は深草の秋の露たのめし末や木枯の風

（『新古今集』恋五・一三三七・家隆）

この歌も、男を木枯しの風とし、自分を吹き散らされる露に擬えて、恋の終焉を詠んだ一首である。

＊9　橋本＊2前掲書。

＊10　石川泰水「新古今集の修辞―『横雲』と『身にしむ色』―」（和歌文学論集8『新古今集とその時代』一九九一、風間書房）。

武将と和歌

――足利尊氏・直冬を中心として――

西山美香

はじめに

室町幕府初代将軍の足利尊氏（一三〇五～五八）は多くの和歌を詠んだことで知られる。本稿では、尊氏とその庶子の足利直冬（生没年未詳）をとりあげ、彼らが神仏に捧げた和歌を手がかりとして、彼らにとって和歌がどのような意味をもっていたのかを考えてみたい。

一　英雄百人一首の足利尊氏・直冬

まず最初に、江戸時代の道歌集『英雄百人一首』（国文学研究資料館蔵）における足利尊氏と直冬についての記事を見てみたい。

足利将軍尊氏

　我家の風ならなくに和歌の浦の波までかよふ道ぞかしこき

足利尊氏公は元弘建武の乱れををさめ武威猛のみならず文も亦世にきこえたり。夢想《ママ》国師を信じて天龍寺を建て戦国の亡霊を弔ふ。ある時夢想《ママ》国師嵐山に地をしめ座禅の床とせられしかば尊氏公和歌を作りておくらるる。

図1　『英雄百人一首』足利尊氏

　露の身を嵐の山におきながら世にありがほのけむりたつなり

夢想《ママ》国師かへし

　世にありと思はねはこそつゆの身をあらしの山のけふりとはなせ

『英雄百人一首』は室町幕府初代将軍・足利尊氏が「英雄」であっ

たことを示す事績として、①武のみならず、文の道も優れていたこと、②夢窓国師に帰依し天龍寺を建立し、戦国の亡霊を弔ったこと、という二点をあげて称賛している。

左兵衛佐直冬

梓弓われこそあらめひきつれて人にさへうき月をぞ見せつる

足利直冬は尊氏の子なれども伯父直義養なひ直の一字をゆづる。生質心はへやさしく、ひとせ西国の軍敗れて、直冬味方ちりぢりとなり、わづかの小勢を引連しりぞかれたるときに此歌をよむ。軍敗れていそがしくあやにき場所にて優なるわざなり。ことに、人にさへうき、とつづけたる所又あさからず。此の心がけふかしと後の世も名をのこされたり。

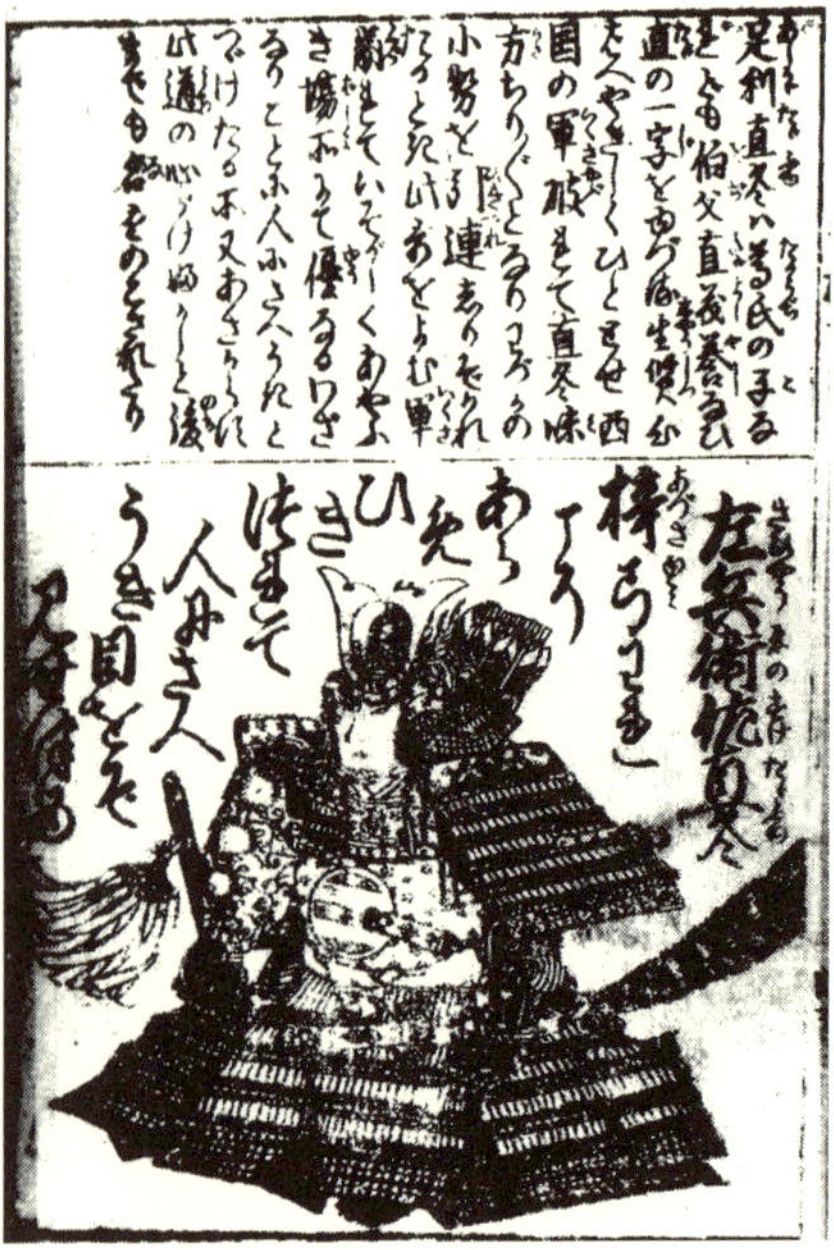

図２　『英雄百人一首』足利直冬

足利直冬は、『英雄百人一首』にも記されているように、尊氏の子であったが、尊氏の弟の直義の養子となった武将である。敗戦の混乱のなかでも味方を思いやる和歌を詠んだという行為と、その和歌によってその名を後世にのこした、とされている。

江戸時代の資料である『英雄百人一首』において、尊氏・直冬が和歌にすぐれていたこと（イメージ）が記されており、武将であった尊氏・直冬が、「武威猛き」だけではなく、「文の道」（和歌）にも優れていたことによってこそ、彼らは「英雄」として後世に名を残した、とされていることがわかる。

現代においても、歌人としての尊氏について、井上宗雄氏が「武将かつ政治家として著名だが、若い時から和歌を好み、（略）戦塵にあっても和歌を廃さなかった」（『和歌大辞典』明治書院）と評している。現代の評価（イメージ）が、江戸時代と比較して大きくへだたったものではないことがわかるであろう。

二　尊氏と高野山金剛三昧院短冊和歌

足利尊氏について、井上宗雄氏は「とにかくこの兄弟（筆者註：尊氏と直義）は法楽歌を人々に勧進する事が多かった。和歌を含む伝統的文化の素養が極めて深く、それが宗教心の厚い事と相俟って、かくの如く、折に触れての法楽歌勧進となったのであろう」と述べている（『中世歌壇史

の研究　南北朝期　改訂新版』明治書院、一九八七）。

足利尊氏の法楽和歌については近年の研究を参照されたいが（註）、本稿でとりあげるのは、国宝『高野山金剛三昧院短冊和歌』である。現在、財団法人尊経閣文庫に所蔵されている。足利尊氏・直義兄弟が法楽和歌を集め、紙背に写経を行って高野山金剛三昧院に奉納したものである。『徒然草』の作者の兼好法師も参加者の一人で、兼好の自筆は大変珍しいことから、江戸時代、加賀の前田家が兼好の自筆の部分だけを切り取って高野山から買おうとしたが、高野山がそれを断ったことで、切り取られることなく、奉納された当時の状態のままで、前田家へと伝えられた。

なぜ足利尊氏・直義が高野山金剛三昧院に短冊和歌を奉納したのかについては、それを示す資史料が発見されておらず、はっきりとしたことはわかっていない。よって作品の内容から考えてみたい。

『金剛三昧院短冊』写経部は、直義・夢窓・尊氏の順番で、『宝積経』「摩訶迦葉会」「優婆離会」のそれぞれ一部が書写され、写経の末尾には一三四四（康永三）年十月八日付の直義による自筆の跋文が付されている。その跋文によって作品の成立を確認すると、ある人（尊氏・直義の両説がある）が霊夢を感じ、「南無釈迦仏全身舎利」の十二字を歌頭に詠み込む歌を募り、それを一軸にまとめた後、紙背に写経を行い、高野山金剛三昧院に奉納したものが『金剛三昧院短冊』である。

成立時期については、『高野春秋編年輯録』の記事を信じれば、康永三年三月十八日に金剛三昧院において歌会を催した際の詠歌ということになるが、作者の一人である細川和氏の没年が康永元年九月であることから、『高野春秋』の記事にははやくから疑問が呈され、井上宗雄氏は「高野春秋編年輯録の記事は疑問が多い。すなわち仮に尊氏兄弟の参籠は事実としても（それも恐らく事実ではなかろうが）『宮武僧三家之歌叟等供奉』したかどうかは疑問であり（高野山は当時南朝勢力圏に極く近い）、また『南むさかむにふつ……』の十四字とあるが、実際は『むに』の二字はなく、十二字であり、この記録は信憑性に乏しいといわねばなるまい。一方、直義の跋文（略）の年時は信じられようし、また細川和氏の死が康永元年九月二三日である（尊卑分脈）所から、元年九月以前に直義が人々に法楽歌を勧進し、それらの短冊を継ぎ合わせて一帖とし、紙背に直義・尊氏・夢窓が宝積経を写して三年十月八日に奉納した、ということになろう」と述べており（『中世歌壇史の研究　南北朝期』（前出））、本稿もそれに従う。

『金剛三昧院短冊』の最大の書誌的特徴は、和歌短冊を継ぎ合わせた紙背に、尊氏・直義と夢窓疎石によって『宝積経』が書写されていることである。直義・夢窓疎石・尊氏の順番で、『宝積経』「摩訶迦葉会」「優婆離会」のそれぞれ一部が書写され、写経の末尾には一三四四（康永三）年十月八日付の直義による自筆の跋文が付されている。そしてこの作品の外題が「宝積経要品」であることによって、この作品が編纂・奉納された当時においては、写経部のほうが表（主）であり、この作品が「元来写経として」奉納されたものであったことが推測される。言いかえれば、この作品の編纂・奉納の意義は、和歌部ではなく写経部にこそ表明・象徴されており、編纂・奉納に中心的に関わった人物は、尊氏・直義・夢窓であったと考えられる。ただし跋文を記しているのが、足利直義であることから、編纂・奉納の実務を担っていたのは直義であったと推定される。

また『金剛三昧院短冊』の跋文の日付は、直義との問答の形式をとる夢窓疎石の『夢中問答集』（再跋）とまったく同日であることから、両書は〈対〉の作品である可能性がきわめて高い。

また同じ康永三年十月八日付で、直義はもう一つ、宗教的営為（作善）を行っていることが知られる。直義は同日付けで、高野山御影堂に『雑阿含経』巻三九を奉納しているのである。同経には、天平一五（七四三）年五月十一日付の光明皇后の願文があり、奈良時代の代表的一切経である、いわゆる「光明皇后願経」のうちのものであることがわかる。

直義は同経末尾に、次のように期している。

此経者、光明皇后御筆也、奉納　高野山御影堂者也、

康永三年十月八日従三位行左衛兵督兼相模守源朝臣直義　（花押）

足利直義は康永三年十月八日に三つの大きな宗教的営為（作善）を行っており、そのうち二つが高野山とかかわることから、その二つは密接にかかわることが推定される。このことは、『金剛三昧院短冊』編纂・奉納への直義の強い意気込みを示しているとともに、それと同日の跋文の日付をもつ『夢中問答集』編纂・刊行も、夢窓・直義にとって重要な意味をもっていたことを推測させる。

和歌部は、まず三宝院賢俊の全体の序歌にあたる和歌があり、後に掲げる二七人で詠んだ百二

十首の短冊和歌から成っている。短冊は一枚ごとに「な」「む」「さ」「か」「ふ」「つ」「せ」「む」「し」「さ」「り」（南無釈迦仏全身舎利）と仮名文字題を一字大きく上に書き、その下にそれぞれが自筆で和歌を二行に分かち書きにし、署名をしている（無署名は御製）。十二字で一巡すると、また始めから繰り返して十回反復して、計百二十首になる。その短冊百二十枚を糊代五ミリメートル程度で重ね継ぎ、短冊四枚を一折とし三十折、短冊部の前に白紙六折分を加えて、合計三六折で一帖仕立てとなっている。

百二十首の内訳は以下の通りである。足利尊氏・直義（十二首）、北朝天皇（光厳院か　光明天皇とも）・二条為明・冷泉為秀（六首）、藤原有範・長井広秀・二階堂行朝・二階堂行春・二階堂成藤・細川和氏・道恵・慶運・実性・兼好・頓阿（五首）、高重茂・細川顕氏・細川頼春・渋川貞頼・蓮智（宇都宮貞泰）（三首）、千秋高範・浄弁（二首）、高師直・粟飯原清胤・秋山光政・河内季行（一首）。

歌数は、尊氏・直義の十二首が最多で、御製・二条為明・冷泉為秀の六首がこれに次ぐ。歌順は、巻頭から尊氏、次に直義、御製と続き、巻軸は直義である。おそらくは巻頭・巻軸のこの部分の順番は、当初から決まっていたものと思われ、その他の部分については現段階ではアットランダムと考えておくことにする。

尊氏と直義は中心人物として、一応は同格の立場で参加しているが、巻頭歌が尊氏、巻軸歌が直義であることから、尊氏が「主」、直義が「従」と位置づけられる。そして尊氏と直義の二人が、最多の歌を寄せていることによっても、この二人が中心的な役割を果たしていることは明らかである。それぞれの歌数が十二首であることも、二人のこの作品における立場・役割を象徴していると考えられる。尊氏・直義がともに十二首詠んでいることには明確な理由があり、それは、「なむさかふつせむしむさり（南無釈迦仏全身舎利）」の十二字をすべて詠んでいることである。これは二人の意志に基づくものと想像され、尊氏と直義のこの作品への強い意気込みを示しているであろう。

和歌部の思想を何より表しているものは、「なむさかふつせむしむさり（南無釈迦仏全身舎利）」という和歌の歌頭である。「南無釈迦仏全身舎利」とは、いわゆる「宝篋印陀羅尼」とほぼ同義と考えられる。「宝篋印陀羅尼」は、『一切如来秘密全身舎利宝篋印陀羅尼経』で説かれる陀羅尼で、釈迦と仏舎利への信仰を象徴する経典・陀羅尼であり、釈迦の全身舎利（仏舎利）と同じ価値を持つものとされる。『金剛三昧院短冊』の参加者のひとりである、兼好の『徒然草』二二二段において「亡者の追善」に利益があるものとして、「光明真言」とともにあげられていることが知られる。すなわちこの作品の編纂・奉納の目的が、「亡者の追善」のためであったことも判明する。『英雄百人一首』において尊氏の代表的な事績として「戦国の亡霊を弔ふ」ことがあげられていたが、彼はその目的のために和歌も利用していたのである。

また尊氏が、『金剛三昧院短冊』で次のような和歌を詠んでいることに注目したい。

鷲山に説きおく法のあるのみか舎利も仏の姿なりけり

この作品の中心人物である尊氏が舎利を賛嘆する歌を詠んでいることは、この作品の編纂・奉納が舎利供養とかかわることをうかがわせる。そして何よりこの歌で尊氏が詠んでいる思想が、『宝篋印陀羅尼経』で説かれる思想と酷似しているのである。『宝篋印陀羅尼経』は、経典と釈迦の舎利が同一たること、『宝篋印陀羅尼経』一経典の書写は「一切経典」の書写に等しいことを説いており、仏舎利・経典を通して釈迦への信仰を説く経典である。尊氏の和歌を見てみると、「鷲山に説きおく法」と尊氏が詠むのは「経典」と同義と考えられ、「舎利も仏の姿なりけり」と詠んでいることから、自らの仏舎利と経典書写をとおしての釈迦への信仰を表していると考えられる。

実は、和歌の紙背に尊氏・直義・夢窓が書写した『宝積経』「摩訶迦葉会」もまた舎利と仏塔の供養について説いている経典なのである。『宝積経』「摩訶迦葉会」の直義が写経した部分において、釈尊は「小欲にして、仏舎利を信ぜず、供養を興さず、仏塔を礼せず」という達磨・善法という二人の比丘の譬え話を用いて教えを説いている。そのような達磨・善法を、大衆は「邪見」だといってそしるのであるが、その大衆に達磨・善法が法を説くと、大衆は「悉く深法を楽みたれば（略）皆深忍に住し、悉く少欲知足の行じて、舎利及び仏の塔廟を供養せざりき」であったという。この譬え話を語り終わった後、釈尊は迦葉に次のように述べる。「迦葉、汝、達磨・善法の二比丘等の是くの如き浄心を観ぜよ」と。

つまり『金剛三昧院短冊』は尊氏・直義の舎利・舎利塔への信仰を内包して編纂された作品であることがわかる。

ではなぜ、尊氏・直義・夢窓が舎利や仏塔の供養と関わる経典を書写したり、尊氏が舎利についての和歌を詠んだりしなければならなかったのだろうか。この疑問へ対する答えとして思い浮かぶのは、夢窓のすすめによって尊氏・直義が全国に建立した利生塔である。利生塔は、仏舎利二粒を奉安する舎利塔であった。

利生塔はインドの阿育王による八万四千塔をモデルとしている。日本において利生塔以前から八万四千塔供養は、多くの事例が報告されているが、それらのモデルとなっているのは、中国呉越国の王であった銭弘俶が阿育王の故事に倣って八万四千個の塔を造り、その塔中に「宝篋印陀羅尼」を納め、宝篋印塔として領地の各地に安置させたことである。そして呉越の八万四千塔は、日本へももたらされた。

ただしここで注意をしなければならないことは、「摩訶迦葉会」の主張が仏舎利への信仰、供養、仏塔への拝礼が真の供養ではないということであったということであろう。舎利塔である利生塔とは矛盾してしまうのである。この点については、直義の写経部の直前で、末世において仏舎利と舎利塔を供養することは、「在家の無智の衆生に善根を植ゑしめん為」の方便であり、もっとも重要なことは、三宝に帰依し、「阿耨多羅三藐三菩提の心を発し、比丘の形を以て菩薩の道を行」ずることだと主張されているのである。この主張は、直義は跋文で『宝積経』について、「示供養

如来之真理、著空寂自性之本元、寔是修行大乗之直路、証得菩提之通門也」と述べていたことと
も合致する。

尊氏・直義が『宝積経』「摩訶迦葉会」を書写し、「南無釈迦仏全身舎利」を歌頭とする和歌を編纂・奉納したことは、自らが生きる時代を末世と位置づけ、末世における大衆ために舎利塔である利生塔を造塔すること、そして自らは、大乗経典である『宝積経』において説かれる釈迦の教えの本質を理解し、三宝に帰依し、菩提心を発し、菩薩として歩むことを宣言したものと考えられるのである。

この年の尊氏の信仰をよく示す史料がのこされている。それは、尊氏が康永三年十二月十五日に八坂神社に奉納した彼の自筆願文である。この願文には「仏法の中にも、又大乗の宗ききかたし、信かたし、ここに直示の宗を行すといへとも、いまたこれをしやうせす」という部分があり、「直示の宗」とは禅宗のことであるから、尊氏が当時、禅の修行をしていたことが知られる。『金剛三昧院短冊』奉納当時、尊氏の信仰の中心が禅にあったこと、彼が大乗の修行として禅修行をしていたことがこの願文よりわかるのである。

次に、三宝院賢俊の序歌について考えたい。この作品における賢俊の立場・役割について考えるとき留意しなければならないことは、賢俊の序歌は短冊ではなく、白紙部分に書かれていることであろう。すなわちおそらくは、「序歌」として特別に依頼され、後に書き加えられたものと推測される。

三宝院賢俊がこの作品に序歌として詠んだ和歌は次のようなものであった。

行末もめぐりあはむと高野山その暁を月にこそ待て

この賢俊の序歌が、『千載集』における寂蓮の歌「暁を高野の山に待つほどや苔の下にも有明の月」の影響下にあることは明らかであろう。賢俊が高野山における弥勒信仰を詠むのは、もちろんこの作品を高野山金剛三昧院に奉納することを意識したものと考えられる。

中世の高野山が弥勒信仰のメッカとして、多くの信仰を集めていたことは広く知られるところである。弥勒信仰とは、釈迦の入滅の五六億七千万年後、弥勒菩薩が娑婆世界（末世）に下生し、釈迦の説法に洩れた一切衆生を救済することを希求する信仰であるが、高野山においては、弘法大師空海は弥勒菩薩の兜率天に往生し弥勒とともに下生するといわれ、また空海は亡くなったわけではなく、釈迦と弥勒の間の無仏時代における導師として衆生済度しているという入定信仰と結びつき、弥勒信仰と弘法大師信仰は分かちがたい信仰となっていた。

また直義は、作品奉納の前年、康永二年一月十六日、虎関師錬より『弥勒下生経』の講義を受けていたことが『虎関紀年録』から知られ、直義も弥勒信仰を持っていたことがわかる。弥勒信仰を詠んだ賢俊の序歌は、尊氏・直義の願いをも象徴・代弁するものであったと思われるのである。

賢俊の序歌を検討しようとするとき、思い起こされる和歌に、次の二首がある。まず一首めは、『とはずがたり』において後深草院が、病床にある二条の父・中院雅忠に詠みかけた歌である。

　このたびは憂き世のほかにめぐり会はん待つ暁の有明の空

三角洋一氏（『『とはずがたり』の仏神信仰」『源氏物語と天台浄土教』若草書房、一九九六）は『とはずがたり』に見られる後深草院の弥勒信仰について指摘し、この歌に「弥勒下生の世に生まれ合わせて（略）弥勒仏の竜華三会の説法の座に連なり、ともに救済されようと願」う、後深草院の兜率天往生への願いを見いだしている。『金剛三昧院短冊』には二七人の詠歌が集められているが、北朝天皇と尊氏・直義、そして足利氏配下の武士が多いことを考えあわせれば、彼らもまた主従として弥勒の世に生まれあわせ、ともに救済されたいという願いを見出すことができるのではないだろうか。

そしてもう一首は、『太平記』巻三九「光厳院禅定法皇崩御事」において現世の無常を観じて隠遁生活を送り、贖罪の旅に出た光厳院が高野山で詠んだ次の歌である。

　高野山迷の夢も覚やとて其暁を待ぬ夜ぞなき

光厳院はこの歌を詠じた後、吉野で南朝の後村上天皇との歴史的対面を果たした後、崩御したと『太平記』では描かれている。中西達治氏はこの光厳院の歌について次のように述べている（「太平記における光厳院廻国説話」『太平記の論』おうふう、一九九七）。

重大なことは、光厳法皇が、この世における人間的な恩讐・愛憎の連鎖をたち切り、来世における救済を念願していると述べていることである。このことは言いかえれば、自らの敵をもゆるすという意志表示である。史実かどうかにかかわりなく、『太平記』の作者が、このような形で光厳法皇の死を描き、（略）その死後の救済を証明し、さらに、追悼供養の効果が、「六趣之群類」にまで及ぶことになれば、『太平記』の世界も確実に終わりを迎えることになるのである。

『金剛三昧院短冊』において、賢俊が代弁する尊氏・直義の願いとは、中西氏によって指摘される『太平記』において描かれた光厳院との願いと共通するものであったと思われる。直義は本稿最初に紹介した跋文において、この作品にこめた願いを述べている。直義の願いはまさに、賢俊の序歌に象徴・表明されているであろう。すなわちこの作品における詠歌をきっかけとして、自らを含むこの作品の参加者全員の救済だけではなく、善行による果報がすべての世界、衆生へと普く及ぶことの、心底からの切なる希求であったと考えられるのである。

そしてそれは尊氏・直義が舎利塔を全国につくり、舎利の功徳によってうち続く戦乱で死の穢れに覆われた日本全土を浄化し、清浄なる仏国土として再生させようとするものであったとことともつながっていくと考えられるのである。

尊氏・直義はしきりに法楽歌を勧進したが、当時、神仏への祈祷は軍事的行為の一つととらえられていたとも考えられる。ただし尊氏や直義には心のうちにそれとは別の種類の、神仏へ捧げる歌を詠まなければならない動機が、常に存在していたからと私には思われてならないのである。『金剛三昧院短冊』においては、尊氏・直義をはじめ、多くの武士が参加している。彼らは、武士という身分に生まれ落ちた時点で、殺生とはぜったいに無関係ではいられない宿命を背負っているのである。彼らは常に殺生による罪の意識に支配されているのである。わたくしは、彼らが神仏への歌を詠み続ける行為のなかに、罪を背負った自らの身を浄化したいという強い希求が常に存在していたように思われる。だからこそ彼らは自らの生が有る限り、神仏へ捧げる歌を詠みつづけなければならなかったのではなかったのであろうか。

三　足利直冬と和歌

次に足利直冬と和歌のかかわりについて考えたい。直冬については、瀬野精一郎氏によって人物叢書が刊行され、その生涯をわかりやすく知ることができるようになった。瀬野氏の本などを参照し、直冬と和歌のかかわりについてみていきたい。

　直冬は足利尊氏の庶子であったが尊氏に認知されず、鎌倉の東勝寺の喝食として育った。尊氏が京都に幕府を開くと、直冬も京都へやってくるが、尊氏はついに彼を自分の実子とは認めず、直冬は尊氏の弟の直義の養子となった。

　一三四九（貞和五）年、尊氏は直冬を長門探題に任命し、直冬は京都を離れて長門へとうつった。ところがその年、直義が高師直との政治抗争に敗れて失脚し、直冬は師直に対抗しようとしたため、尊氏は師直に直冬討伐を命じたのである。九月十三日に直冬はわずかの部下を引き連れてなんとか長門を脱出し、九州の肥後へと落ち延びた。

　このときの様子が『太平記』巻二七に描かれている。直冬は九州へ落ち延びる船の上で和歌を詠んだ。それが先に見た『英雄百人一首』にとりあげられていた和歌である。この日は九月十三日であるから、秋の名月の月明かりの中で直冬は次のように詠んだ。


　　梓弓我こそあらめ引つれて人にさへうき月を見せつる

　自分はいたしかたないとしても、引き連れている人々にまで「憂き月」を見させることだ。直冬がこの歌を詠むと、「袖を濡さぬ人はなし」であったと『太平記』には記されており、『英雄百人一首』がとりあげたように、直冬のイメージを確定させた、きわめて印象的な場面となっている。

『太平記』のこの場面で興味深いことは、「一年父尊氏卿、京都の軍に利無して九州へ落給たりしが、無幾程帰洛の喜に成給ひし事遠からぬ佳例也と、人々上には勇め共」と記されていることである。つまり直冬追討を命じた張本人である父・尊氏に、直冬の身を重ね合わせて、周囲の人

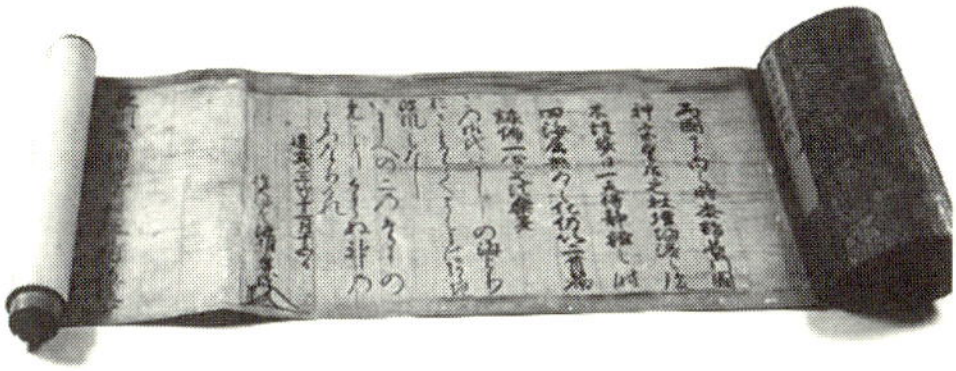

図3　足利尊氏の奉納和歌

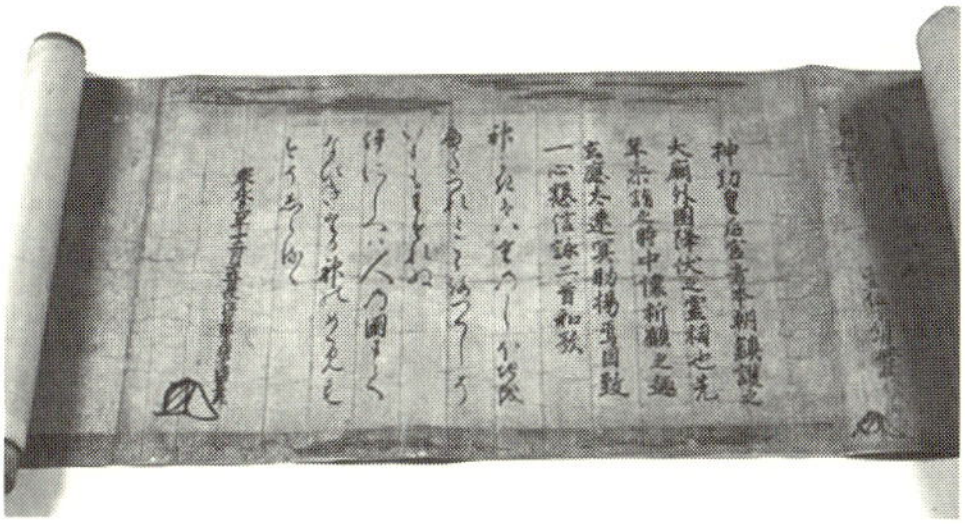

図4　足利直義の奉納和歌

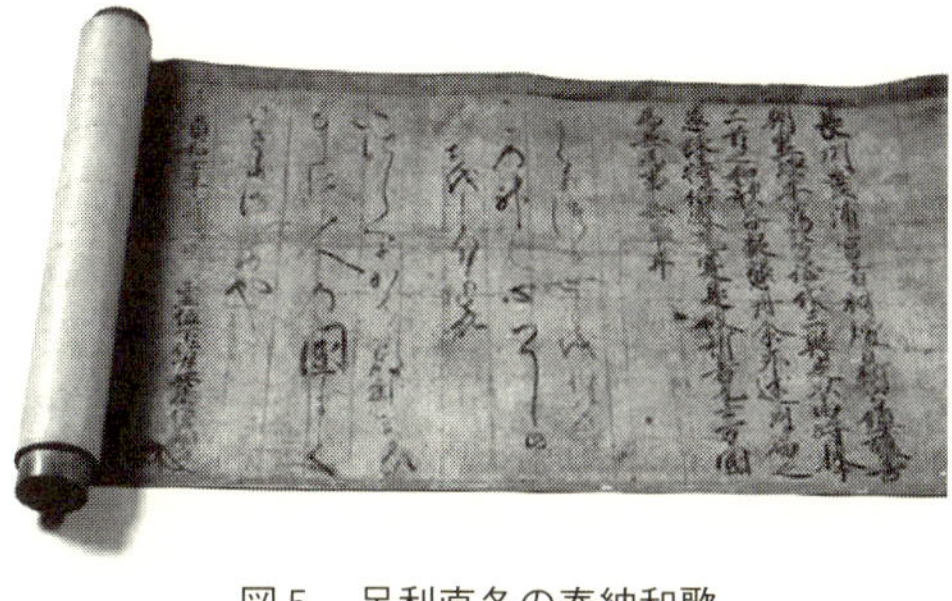

図5　足利直冬の奉納和歌

註：直義が和歌を奉納したのは、先に見た尊氏が祇園社に願文を奉納した日である。

々が直冬を慰めたと記されているのである。敵でもあり父でもあるという、皮肉・悲劇的な二人の関係が浮き彫りになった描写であろう。直冬は父親からは実子とは認められていなかったが、周囲は父子として常に比較していたし、直冬自身ももちろんそうであったであろう。

直冬が和歌を詠むのも、どうも尊氏を意識してことのようにも思われてならない。

直冬のそのような意識をうかがわせる和歌こそ、長門国豊浦宮奉納和歌である。

一三五一（観応二）年二月、一時的に尊氏と直義の和議がなると、三月に直冬は鎮西探題に任ぜられた。すると直冬は六月一日に、長門国豊浦宮に和歌二首を奉納した。豊浦宮にはそれまでに、尊氏・直義が自筆和歌をそれぞれ二首奉納しており、直冬もそれにならったものと思われる。

直冬は次のように和歌で神に天下泰平を祈った。

かはりつる世々をおもへばこの神は心づくしののちをまほりき

いにしへにかはらぬ神のちかひならば人の国までおさめざらめや

七月十三日には、直冬は炎天に苦しむ農民のために行った雨乞いに霊験があったことへの感謝として、大悲王院へと和歌を一首奉納した。

世のすゑといかで思はんなる神のまたあらたなるあめがしたかな

足利将軍家の一員であることを誇らしげに誇示するような天下泰平を祈り奉納したこの和歌群

は、この後の彼の運命をしる現代のわれわれにとっては、この当時が直冬にとってはおそらく最良・絶頂の時期であったことをうかがわせるものであろう。

この後、尊氏と直義の間で再び不和が生じ、尊氏は南朝の後村上天皇から直義・直冬への討伐令を得て攻撃し、一三五二（文和元）年、鎌倉にいた直義は尊氏に降伏し、二月に急死する。毒殺といわれる。九州の直冬は中国地方へ逃れた。直冬は旧直義派や、反尊氏勢力を結集し、一三五四（文和三）年に上洛を果たし、翌年に南朝と協力して京都から尊氏を追い出し、一時的に奪還することに成功する。直冬は上洛を遂げたときの感慨を和歌二首に詠んだ。そのうちの一首を次のようなものである。

こんやたた我世にいつる月ならばくもらぬ名こそあらまほしけれ

同時期に長年の所願成就を祈った際に次のような和歌も詠んだ。

時のまの命もよしや法のため世のためならぬわが身なりせば

しかし尊氏方の反撃に遭って翌年には京都からの退却を余儀なくされた。こののち、直冬が上洛することは二度となかったのであった。

図6　道に建てられた高札（『新編日本古典文学全集　太平記④』小学館より）

『太平記』巻三二には、直冬が京都から撤退したのち、再度尊氏への攻撃を行おうとする動きがあり、直冬が自らの行動について八幡宮の託宣にゆだねた場面が描かれている。八幡宮からは

　たらちねの親を守りの神なればこの
　手向けをば受くる物かは

という託宣（和歌）を受けた。この託宣を知った諸将は直冬に勝ち目はない、と判断し帰ったという。史実がどうかはわからないが、父である尊氏と戦い続けた直冬が和歌によって神から拒絶された悲劇的場面・和歌（託宣）である。また『太平記』巻三八にはその後石見に拠点を移した直冬が、貞治元（一三六二）年に再度の進撃を試み失敗すると、道々には次のような歌が記された高札が岐に立てられたと記されている。

　直冬はいかなる神の罰にてか宮にはさのみ怖て逃らん

「神の罰」のせいか、こののち、直冬がかつての勢いをとりもどすことはついになかったのであった。「神の罰」それは父に、はむかったことであろう。彼の最晩年は資料がなく消息不明である。和歌を手がかりとして直冬の生涯をみてみると、直冬が、父・尊氏と同じく神仏の加護を和歌によって祈ったのにもかかわらず、神仏から拒絶された悲劇的な生涯が浮かび上がってきた。これは『太平記』の影響が大きいが、『太平記』に和歌が利用されたことによって、直冬の人間性・悲劇性をなまなましく感じさせることにも気づくであろう。その意味において、直冬における和歌の意味、そして和歌そのものの特徴・力を感じることができたように思える。そして、そのような和歌の持つ機能ゆえに、直冬が詠んだとされる和歌や、直冬にまつわる和歌が現在まで伝えられていると考えられるのである。

註　先行研究も含め、小川剛生氏『武士はなぜ歌を詠むか　鎌倉将軍から戦国大名まで』(角川叢書、二〇〇八)、東京大学史料編纂所編『室町武家関係文芸集』(八木書店、二〇〇七)の「足利尊氏奉納稲荷社詠八首和歌」の解説(山家浩樹氏執筆)。

和歌の生命力について

筧　雅博

1

本日のテーマは「和歌の生命力」です。文学作品の「生命力」は、後世へ伝わる、その伝わり方の強さであって、『万葉集』や『古今和歌集』を構成する作品は、一千年を超える歳月に耐え、多くの人々に愛誦されております。が、今日のお話の「生命力」は、ちょっと違う意味合いをもちます。例えて申しますと、地中に埋もれていた一粒の種子から美しい花が開き、やがて池いちめんが蓮の花でおおわれる。そんな状況が『古今和歌集』以降の日本文化のさまざまな局面に立ち現われて来るのであります。

『妹背山婦女庭訓《いもせやまおんなのていきん》』という人形浄瑠璃の作品があります。人形浄瑠璃は、大坂の町人文化が十七世紀末にいたって完成させた、語り物（義太夫）と人形遣いによる舞台藝術ですが、人形劇という制約上、筋立てに種々工夫を凝らしているため、歌舞伎の台本としてそのまま用いられるようになりました。『妹背山』も、今日の大歌舞伎の重要なレパートリーのひとつです。いや、むしろ大歌舞伎を代表する出し物、と申し上げた方が良いかも知れません。歌舞伎独自の舞台装置、すなわち花道（両花道）が、この作品の上演に際し、たいへん効果的にはたらくからです。

舞台下手が妹山、上手が背山。吉野川の急流が妹山背山をへだてます。妹山の領主は本花道に、背山の領主は仮花道に、おのおの桜の枝を負うて立ちます。かれらは、ある事情から、それぞれの子供を手にかけなくてはなりません。両花道の問答から（客席は吉野川の川底になります）、すべてがおわって幕が引かれるまで、二時間あまり。子供たちは互いに互いを助けるため、自ら進んで命を絶ち、妹山の領主が手にかけた、娘の首級は、吉野川の流れを横切って、背山へ「嫁入」するのです。この、哀切極まりない物語について、はやくから西欧演劇との関連性が指摘されて来ました。「ロミオとジュリエット」の初演は一六〇五年ですから、浄瑠璃の作者（近松半二）が、何らかの経路を通じてシェイクスピアの筋立てを知った、[*1]と考えるのです。が、この見方は必ずしも正しい、とは申せません。沙翁劇の影響は、作者が筋立てを知っていたとしても、おそらく、二義的な次元にとどまったでしょう。『妹背山』という蓮池の底には、全く別の種子が息づいているのです。

流れては妹背の山のなかに落つる吉野のよしや世の中

これは『古今和歌集』恋歌三百六十首の最後に置かれた作品（詠み人知らず）です。最近の説によりますと、勅撰和歌集における「詠み人知らず」のかなりの部分が、じつは撰者の匿名歌であり、勅撰集編纂に際しては、何十首もの「詠み人知らず」を創出し、適宜配置するだけの才幹が求められた、といいます（丸谷才一『新々百人一首』新潮社、一一五ページ）。大歌人の力量が棹尾の一首に傾けられた、と見て良いでしょう。「妹山、背山の恋は叶うことなく、吉野川の中へ流れ去ってしまった。それが世の中、つまり男女の間柄、といふものさ」。この歌こそ『妹背山婦女庭訓』を支える基本主題にほかなりません。

　お話が急に飛躍して恐縮ですが、西欧古典音楽を代表する作曲家の、最後のピアノ・ソナタ（作品一一一）の草稿は、かれの創造的苦闘の過程を、ありありと伝えているそうです、この曲は、同一ジャンル中の最高傑作と目され、とくに第二楽章（変奏曲）は、未聞の精神性を備えておりますが、作曲家の苦心は、ひとつひとつの変奏を生み出してゆく過程にはありません。主題（十六小節の歌謡形式）を設定するために、何十ページもが費されているのです。[*2] 高次の表現力を身につけた者にとって「主題」が決まれば、その後の構成は必ずしも難事ではない。『妹背山婦女庭訓』の作者のためにも、おそらく状況は等しかったのでありまして、『古今和歌集』に備わる、潜在的な力（可能性）が『妹背山』を成立させた、と考えることができるでしょう。

2

『積恋雪関扉《つもるこひゆきのせきのと》』は、歌舞伎役者のため書きおろされた浄瑠璃（常磐津）です。中幕物（踊り）随一の大作である、この浄瑠璃は、基本主題の設定において『妹背山』と事情を同じくする、といわなくてはなりません。登場人物は良峯宗貞（僧正遍昭の前身）、小野小町姫（墨染桜の化身である傾城と二役）、そして大伴黒主（関守＝関兵衛になりすましているが、じつは皇位をねらう大野心家）。いずれも『古今和歌集』の作者たちであり、山城と近江国の境、逢坂の関が舞台です。浄瑠璃の前半を、少将宗貞と小町姫の恋模様が占めますが、一曲全体の中心は、舞台中央、やや下手寄り、墨染桜の大木の中から傾城がひっそりと現われ、木陰にまどろむ関兵衛に近づくところから始まる、といえましょう。『古今和歌集』仮名序における大伴黒主への評語「薪負へる山人の花の陰に休めるが如し」が、『関扉』の基本構造を事実上決定しているのであります。

　大伴黒主は、不思議な人物です。いわゆる「六歌仙」の一人であるにもかかわらず「古今集」撰入は僅か三首。同時代の歴史史料中にも姿を見せません。唯一の例外は、貞観四（八六二）年、近江園城寺（三井寺）創建に際し、敷地を提供した「近江志賀郡凝大領大友村主《すぐり》黒主」であります（『園城寺伝記』所引の官符による）。柿本人麻呂の代表作「近江荒都歌」が示唆するように、天武・持統王朝は、近江朝廷の主宰者の鎮魂につとめた形跡があるのですが、一説[*3]によりますと、園城寺は、壬申の乱に敗れた大友皇子（天智天皇の後継者）終焉の地に建てられた、といいます。壬申の乱から『古今和歌集』成立まで、およそ二百三十年。大伴黒主の正体につき、当時の人々のあいだには、何らかの諒解が存したのかも知れません。『古今和歌集』における黒主の撰入作品は、さきほど申しましたように、僅か三首ですが、そのうち一首は、醍醐天皇の大嘗会に際し、詠み進められた「賀歌」であります。

『古今和歌集』から発する水脈は、近世浄瑠璃の根本動機にまで及びます。もって、その生命力の強さが窺われましょう。中世にさかのぼりますと、『古今和歌集』の存在感は圧倒的であります。能楽（猿楽能）のレパートリーの中で、もっとも重んぜられる一連の作品群は、晩年の小野小町を主人公（シテ）とする曲を、いくつか含むのですが、たとえば『卒都婆小町』におけるシテ登場の際の謡「身は浮草を誘ふ水」は『古今和歌集』に採られた「わびぬれば身をうき草の根を絶へて誘ふ水あらばいなむぞと思ふ」[*4]を踏まえております。若い女性がシテとなる、いわゆる三番目物の代表作『松風』『井筒』における真の主人公は、在原行平・業平兄弟にほかなりません。『松風』にしても、『井筒』にしても、兄弟それぞれの作品が、一曲の急所に配置されておりまして、『古今和歌集』の影響は、さきに紹介した浄瑠璃の事例よりもいっそう顕在的、と申せましょう。

ここで確認しておかなくてはならない事実があります。『古今和歌集』の生命力の源泉は、これまでの事例に拠る限り、『古今和歌集』成立に先立つ、ほぼ半世紀のあいだに生じているのであって、編纂にかかわった歌人たちの存在感は、必ずしも大きくないようなのです。別の言い方をいたしますと、紀貫之や凡河内躬恒は、その輝かしい業績にもかかわらず、能楽の「シテ」となることが難しかったらしいのです。[*5] 大伴黒主も、また小野小町も、歴史的実体をほとんどもたぬ人物でありますが、かれらに備わる不可解な、しかし強烈な魅力が、官廷社会の枠を越えて広範囲に波及し、日本文化を創造する重要な土壌となった、と見てよいでしょう。

小町姫や黒主と相通ずる性格をもつ人物は、同時代における天皇家のメンバーの中にも見出されます。文徳天皇の第一皇子、惟喬親王は、その才幹を父天皇から愛されながら、摂政藤原良房の女を母とする弟（清和天皇）に超越されたため、比叡山の西麓、小野の里に隠れて世を終えました。[*6] 天皇家の、この不幸な庶長子は、しかしながら「木地屋」とよばれる非農業民の精神的支柱となるのです。現存する偽文書の内容表現と形式から見て、その時期は『古今和歌集』編纂の七世紀後、人形浄瑠璃の出現とほぼ一致します。山麓（里の世界）の支配者から身を躱すための拠り所として、かれら「木地屋」は以仁王（源頼政に擁立され、反平家の兵を挙げるも敗死）や、南朝の皇子たちではなく、文徳天皇の第一皇子を選び、親王の隠棲地をかれらの故郷、南近江の山中に移し変えたのであります。[*7] じっさいの惟喬親王は、たいへんな富豪であって、平安京随一の邸宅を博打によって入手した、という伝承があります。[*8] 親王と非農業民たちとのつながりが、こちらの側面から生じた可能性は小さくないのですが、『古今和歌集』の世界（親王の作品も三首選ばれております）、なかんずく『古今和歌集』編纂に先立つ半世紀のあいだに活動の跡を残す人々の特異性は明らか、といえましょう。

3

能楽のレパートリーの中には、武将の亡霊を「シテ」とする、一連の作品があります。これを「修羅物」と称しますが、今日上演される「修羅物」は、一、二の例外を除き、すべて『平家物語』に素材を仰いでおり、かつ、世阿弥の作品が多い。『実盛』『頼政』『屋嶋』皆そうであります。世阿弥自身の評価は『忠度』に於いて最も高かったらしく、そのことは、晩年の聞き書き『中楽談義』の「通盛、忠度、義経（=屋嶋、の）三番、修羅がかりにはよき能なり、このうち、忠度上花か」によって明らかです。

寿永二（一一八三）年七月、平家都落ちの際、平忠度（清盛の末弟）は、和歌の師、三位俊成卿の宿所を訪れ、自詠百余首をよりすぐった巻物を託します。一門の前途を悟った忠度は、平家滅亡後、編まれるであろう勅撰和歌集に、自作が撰入されることを望んだのです。翌年二月、摂津一ノ谷合戦に於いて、忠度は、武蔵七党の武士たちに囲まれ、壮絶な最後を遂げます。箙に付けられた短冊が、はからずもかれの「辞世」となりました。

行き暮れて木の下蔭を宿とせば　花や今宵の主ならまし

能楽『忠度』は、一ノ谷合戦の二十余年後、西国行脚をこころざす、故俊成ゆかりの僧が、須磨の浦にさしかかったところから始まります。山際に一本の桜を見た僧は、これこそ『源氏物語』の伝える、光源氏手植えの「若木の桜」よ、と思い[9]、立ち寄り眺めるうちに、塩木（塩を焼くための薪）を荷った老翁が登場。老翁は「この桜は、ある人の亡き跡のしるしの木である」と言いつつ、薪に折り添えた草花を手向けます。一夜の宿を求める僧に対し、老翁は「花や今宵の主ならまし、と詠んだ人が、この苔の下に眠っている。この花の陰ほどの宿はありませんよ」と告げ、姿を消してしまいます。

能舞台には「作り物」といって、塚や樹木のイミテーションが置かれることがあります。『忠度』の場合、「作り物」は出ませんが、われわれは舞台中央にひっそりと立つ、一本の桜の木を想像することが可能でしょう。僧は、この見えない「作り物」の陰に宿り、後ジテ（一ノ谷合戦当日の忠度）の出現を目にします。「行き暮れて木の下蔭を宿とせば花や今宵の主ならまし」。一粒の種子が花を開き、やがて池全体が蓮の花によって埋め尽される。『忠度』もまた、和歌の生命力が創り出した作品なのであります。

一ノ谷は摂津八部郡の西端に位置し、須磨の浦を眼下に臨みます。じつは、応保二（一一六七）年の時点に於いて八部郡全域が、平清盛の所領となっており[10]、築港に際し、清盛が扇をもって夕陽をよびもどした、と伝えられる大輪田泊も、そして福原京もこの地に営まれました。平家一門が一ノ谷に立て籠ったのは、右の歴史的経緯に徴して必然なのでありますが、奇襲によって大敗北を喫し、忠度をはじめとする何人もの公達が須磨の浦で討たれたことは、以後の日本文化史のうえに思いがけぬ波及をもたらしました。平家一門の悲劇が光源氏の流謫生活と重なり合い、須磨の浦は『源氏』『平家』ふたつの物語が交錯する場となったのです。旅の僧が宿る桜木は、すなわち忠度の墓標であり、墓標は同時に光源氏ゆかりの「若木の桜」でもある。これほど巧緻にして華麗な基本主題が得られたことは、世阿弥にとっても会心の出来事だったのでしょう。「上花」という自己評価の成り立つゆえんです。

世阿弥は『忠度』全曲を、ただ一つの和歌が支えるような構成に仕上げました。別の要素の導入は、たとえそれがどんなに感動的であっても、「主題」の統一性をそこなってしまうだろう。かれの判断は正しかったのですが、俊成卿との対話の部分が極力切りつづめられた結果、おそらく、『平家物語』の時代を通じてもっとも哀切な調べをもつ、もう一つの作品が手つかずのままのこされました。「さざなみや志賀の都は荒れにしを昔ながらの山ざくらかな」であります。

壬申の乱から二十余年後、柿本人麻呂は、志賀の都（近江大津京）の旧跡に立ち、在りし日の盛儀を偲ぶ長歌、および反歌（二首）を詠みました。「近江荒都歌」です。「昔ながらの山ざくらかな」は、この偉大な先行作品、なかんずく二つ目の反歌「ささなみの志賀の大わだ淀むとも昔の人にまた逢はめやも」の影響が顕在的です。近江朝廷の主宰者を鎮魂する意図が、人麻呂の「荒都歌」に籠められていたのですが、「昔ながらの山ざくらかな」も、自らを、そして平家一門を傷む悲愁の雰囲気が、いつしか備わるにいたりました。忠度がこの和歌を、ある歌会のために、詠んだのは、鹿ケ谷事件の起こる七、八年も前、平家全盛期のことなのですが。詠み手の意図とは全く別の次元に於いて、「昔ながらの山ざくらかな」の基本的性格は定まったのであって、この歌が「詠み人知らず」として扱われたのは、ある意味で正しいのであります。

4

弓馬の道に携わるものにとって、和歌は、ほんらい縁遠い存在であったような印象があります。『平家物語』における平忠度のエピソードが、多くの読者を感動させるのは、かれの出自によるところがすくなくありません。が、武士と和歌のつながりの萌芽を『平家物語』の時代に求める見方は、再考の余地があります。源重之は、百人一首の「風をいたみ岩打つ浪のおのれのみ　くだけてものを思ふころかな」によって知られる、十世紀後半の歌人ですが、かれの父（清和天皇の孫）は、陸奥守として現地に赴任し、任期が果てた後も、同国安達郡（弓の名産地）にとどまりました。武士の棟梁の草分けであります。重之は、二十歳のころ都に出、春宮に仕える武士団の長となり、従五位下に叙せられますが、終焉の地は陸奥国、父の遺領たる安達郡でした（目崎徳衛「王孫の生活と意義」『平安文化史論』所収）。相模国の国府（いまの大磯町）にも、かれは権介、あるいは権守として七、八年のあいだ在任したようですから、ほぼ二世紀の後に出現した鎌倉幕府の首長[*11]にとって、重之は始祖に準ずる存在であった、といえましょう。百人一首に採られた作品は、青年時代のかれが、とくに三十日の休暇を賜わって詠み進めた「百首歌」のうちのひとつだそうですが、「波、砕ける」というイメージは、源実朝によって継承されました。「大海の磯もとどろに寄する波　破れて砕けて裂けて散るかも」であります。

実朝の死によって、源氏将軍家の正統が絶えても、鎌倉幕府の和歌の世界に対する関心は低下しませんでした。幕府の事実上の支配者となった北條氏の系図には「歌人」という表記がいくつもあり、その中には執権や連署、あるいは六波羅探題の地位に就いた有力者もふくまれます。承久乱の後、北條氏は天皇家の荘園のみならず、皇位の継承者決定に際しても強い発言権をもち、じっさいに行使した形跡がみとめられるのですが、『新古今和歌集』のあとを襲う勅撰和歌集が企てられたときも、同様の状況が生じた可能性があります（当代の大歌人、後鳥羽上皇とその後継者、順徳上皇の作品は、一首も採られませんでした）。藤原定家の日記に就いて見ましょう。

仰せて云はく、去るころいささか天氣を伺ふに、すこぶるもつて快然。東方の非歎、暫らく其の程を過ごし、重ねて申し出だすべきか。今度に於ては、撰者、誰れに在るか。専一、論ずるなかれ（『明月記』寛喜二年七月六日条）。

「仰」の主体は摂政藤原道家。朝廷政治の統括者であると同時に、関東の将軍家の実父です。「天氣」は天皇の意向。十九歳の後堀河天皇は、勅撰和歌集の編纂に同意したのです。が、天皇の承認は、勅撰集編纂の開始をただちに意味しません。東方の悲歎、暫らく其の程を過ごし、重ねて申し出だすべきか。鎌倉幕府首脳の歎きがおさまるのを待って、もう一度要請しよう。摂政は、そのように考えたのです。六波羅北方探題、北條時氏（執権泰時の嫡子）の死は、この年、六月十八日のことでした。勅撰和歌集を作るか、作らぬかを最終的に決定する権限が、承久乱の結果、朝廷から関東へ移っており、それゆえに、後鳥羽、順徳両上皇の作品は徹底的に除外されなくてはならなかったのです。鎌倉幕府の首脳部は、和歌という文学形式の裡に備わる力を、じゅうぶんに心得ていた、と申せましょう。

摂政の「仰」に接した定家の心は、揺れ動きます。『新古今和歌集』のとき、かれは四人の撰者のうちの一人に過ぎず、しかもかれらは事実上、編纂作業の助手たるにとどまりました。以後三十年。定家は、あたらしい勅撰和歌集を自らの見識と価値観に基いて構想することが可能となりましたが、かれの苦悩は、まさしく、そこから生じて来るのです。両上皇の御製を撰入対象から外せば、人々の傍りは免れない。とくに前宮内（卿、藤原家隆。歌道における定家のライヴァル。後鳥羽上皇をたずねて隠岐島へ赴く）と秀入道（藤原秀能）は、きびしい批判を私に向けるであろう。定家は、そのように記しております。当時、家隆は、後鳥羽上皇の消息を宮廷社会の人々に伝える立場にあったようですから、定家が懸念を抱くのは当然でありましょう。が、秀能のばあい、事情はいささか異なります。今日的感覚からすると、かれはどこかの山奥に身を隠していなければならなかったはずなのですから。秀能は、兄秀康とともに、後鳥羽上皇のもっとも信頼する北面の武士であり、その統括者だったのであります。

承久乱に於いて、朝廷方に立ち、戦った武士たちに対する関東の処断は過酷なものがありました。公卿、殿上人の中にも斬刑に処せられた事例がすくなくありません。後鳥羽に次ぐ乱の首謀者、二位法印尊長が洛中に潜んでいることを密告によって知った幕府は、ただちに討手をさしむけ、尊長を自害せしめております。[*12] 秀能の兄、秀康もまた例外ではありませんでした。にもかかわらず、秀能ただ一人、その身を全うすることを得たのは、偶然の所作ではあり得ません。宮廷社会に於けるかれの活動は、間違いなく、関東の暗黙の諒解下になされたのであって、秀能に備わる、和歌の力が、かれの生命を救ったのであります。[*13]

5

藤原定家の創作活動には「生みの苦しみ」が、つねにともないました。作歌に際し、かれは『白氏文集』の「故郷に母有り秋風涙、旅館人無し暮雨の魂」[*14] を吟ずるのがならわしであった、と伝えられます（室町時代の禅僧、正徹書記の著作による）。白楽天の助けを借り、定家は自分の心を、歌を創り出すにふさわしい状態に高めようとしたのでしょう。日々の生活の次元において、名歌、秀歌が人々の口を衝いて次々に生まれた時代は、とおく過ぎ去りました。池は蓮の花で埋め尽くされていたのです。あらたな花を咲かせるためには、先行作品に対する、じゅうぶんな認識と、自意識による身を削るような彫琢が[*15]、いまや不可欠であります。そのような条件下、不朽の価値をもつ、何十首もの作品を創り出したところに、定家の偉大さが認められるのですが、『古今和歌集』以来の、和歌が拠って立つ土壌に大きな変化が生じつつあった[*16]ことも、また確か、といえましょう。

百人一首は、後鳥羽、順徳両上皇の作品によってしめくくられています。もしも、両上皇のあと、現在に至る短詩形のアンソロジーを編めば、和歌は、その半ばを占めることすら困難でしょう。松尾芭蕉を中心とする、俳諧連歌の優越性は、あきらかであります。俳諧連歌は、連歌が和歌とともに守って来た、語彙の限定性を打ちやぶり、日常用語（俗語）を大胆に導入することによって、表現力を飛躍的に高めました。「梅が香にのつと日の出る山路かな」「秋海棠西瓜の色に咲きにけり[*17]」など、芭蕉のすくなからぬ作品が、伝統からの離脱を意識的にこころざしているのです。和歌から離れ、対峙することで、俳諧連歌は、自らの拠って立つ位置を確立した、といえましょう。が、俳諧連歌の革新性は、和歌との断絶を、必ずしも意味しません。同じころ、人形浄瑠璃の作者はただ一つの和歌によって作品を構成しました。和歌から発する地下水脈は、俳諧連歌の領域にも流れ込み、美しい花を咲かせるのであります。

芥川龍之介に「凡兆に就いて」という短いエッセイがあります。芥川は、その中で、凡兆（芭蕉の門人。『猿簑』で大きな存在を示す）の頭のはたらきを賞讃するとともに、「捨舟のうちそとこほる入江かな」を、代表作のひとつとして挙げております。「捨舟」は、坐礁したまま放棄され、朽ち果てた小舟。舟それ自体ではなく、舟の輪郭を包み込んでひろがる氷に着目したところに、芥川は「鋭い頭」のはたらきを見出したのですが、冬の入江に捨舟を配する、その構図は、必ずしも凡兆の創見ではないのです。

難波潟　汀《みぎは》の蘆は霜枯れて灘の捨舟あらはれにけり

これは、平忠度と同じ時代を生きた女流歌人、二条院讃岐の作品です。「難波潟」は、いまの大阪湾よりずっと深く湾入し、現大阪市のほとんど全域に及んで、いちめんの蘆荻がしげっていた、と伝えられます。外海と隔てられた、そんな沼沢地にも、いくつかの航行の難所（灘）があって、沈んだ舟もすくなくなかったのでしょう。が、作者（二条院讃岐）の意図は、たんなる情景描写ではありません。繁茂する蘆荻に隠れて見えなかった舟の残骸が、厳冬期、姿を現わす。作者はそこに、季節の推移を、すなわち「時間」の存在を把え、表現すべく試み、成功したのであります。眼前の情景を詠みつつ、より深い次元に於いて「時間」を表現する。この技法（末法思想ないし無常観との関連が想定されます）は、二条院讃岐の同時代人たちによってしばしば試みられました。源頼政の「深山木のその梢とも見えざりし　桜は花にあらはれにけり」も、同じ意図に発した作品であります。凡兆が試みた「本歌取り」[*18]は、「捨舟」の深層心理をつかむには至りませんでしたが、たとえば与謝蕪村の「凧《いかのぼり》きのふの空の有り所」「二もとの梅に遅速を愛すかな」などの作品に、われわれは、俳諧連歌の中に生きつづける、和歌の力を認めることが、できるのではありますまいか。

註

＊1　八橋検校の箏曲「六段」は、日本の伝統音楽の中にまったく類形を見ない「主題と五つの変奏」という形式をもつ。検校は、その青年時代、長崎に滞在したことがあるが、彼の地に於いて、当時、オランダ（ネーデルランド）世俗音楽の基調をなす、変奏曲形式に出会い、これに触発されて「六段」を作曲したのではあるまいか。そのような可能性が指摘されている。

＊2　『吉田秀和全集　1』（白水社）四一九ページ。

＊3　鎌倉時代半ばに成立した一説話は、園城寺の創建が、天武天皇の時代であり、かつ「大友太政大臣の家地」に建てられた、と伝える（『古今著聞集』巻第二　釈教「智證大師の帰朝を新羅明神擁護し、園城寺再興の事」）。これは、同寺の敷地が近江大津京の内裏跡であったことを意味するであろう。

＊4　三河国の掾となった文屋康秀に同行をすすめられたときの返歌、と伝えられる。

＊5　能楽『蟻通』において、紀貫之は、和泉国の蟻通明神に和歌を捧げ、乗り打ちの過失を許されるのであるが、「シテ」は明神の化身たる老宮司である。

＊6　惟喬親王の母と、在原業平の妻は同族である。『伊勢物語』には、業平が雪の降る中、小野の里を訪れる章段があり、親王の事蹟は、広義の業平伝説の中に包括せられて伝播したのかも知れない。

＊7　ちくま文庫『柳田國男全集　4』二八一ページ。

＊8　『古今著聞集』巻第十二　博奕「惟喬親王、双六の質に小野宮を取り給ふ事」。なお、小野宮の位置は「大炊御門の南、烏丸の西」である。

＊9　『源氏物語』須磨は、流謫二年目の春をむかえた主人公の状況について「年かへりて日長く、つれづれなるに、植ゑし若木の桜ほのかに咲きそめて、空のけしきうららかなるに、よろづのこと思し出でられて、うち泣きたまふをり多かり」と記す。

＊10　『九条家文書』一―三三二号、建仁二年二月十四日、摂津輪田庄荘官等連署申状。

＊11　『新古今和歌集』には、源頼朝の詠んだ「陸奥のいはでしのぶはえぞ知らぬ書きつくしてよ壺の石ぶみ」が採られている。

＊12　『明月記』安貞元年四月十一日条。

＊13　鎌倉幕府は、いったん没収した後鳥羽上皇の荘園群を「遠所の御怨念を謝し申さんがため」近親者（女院）に返し与えた（「東寺百合文書」ト之部六十二）。宮廷社会における秀能（如願法師）の活動も「御怨念」をいくばくか慰めたのではあるまいか。

＊14　小学唱歌「旅愁」は、文語体による「故郷有母秋風涙、旅館無人暮雨魂」の翻訳であって、室町時代以降、この詩句が定家の作品と同一視されて人口に膾炙した可能性をさししめす。

＊15　『明月記』嘉禄元年三月二十七日条は「一昨日より三十一文字の苦患、たまたま休息」と記す。このとき定家の「苦患」をいやしたのは、「北史、斉、周、隋宗室伝」の抄出、すなわち五、六世紀の北中国を支配した鮮卑系王朝の歴史書を読み、抜粋を作ることであった。この大歌人の心的状況を追究する上で、意義ある記事、といえよう。

＊16　和歌の即興性は、この時代、別のジャンルに表現の場を見出した。『明月記』を見ると、天皇の周辺から中下級の廷臣まで、いたるところで連歌の席が設けられ、ひとびとは喜々として催しに加

わったことが明らかである。定家もまた、例外ではなかった。建保三（一二一五）年十月、順徳天皇から百首歌をもとめられ「はなはだ堪へ難し」と記したかれは、翌月、おなじく天皇の主催する連歌会に加わり、十四句を即座に詠んでいる。連歌の興隆期は『菟玖波集』の成った南北朝時代ではなく、もっと早い時点にもとめられるべきであろう。

＊17　秋海棠も西瓜も、十七世紀半ばに渡来した。したがって和歌や連歌とはまったく無縁の語彙であり、ことさらに両者をとり合わせた芭蕉の意図は明らか、といえよう。

＊18　『猿簑』における凡兆の発句「灰汁桶の雫やみけりきりぎりす」は、聴覚のはたらき（きりぎりす＝こおろぎの声を耳にして雫の音が絶えたことに気づく）を的確に表現した名作であるが、かれの意識下には、京極為兼（定家の曽孫。独自の美意識により一世を画した）の和歌「庭の虫はなきとまりぬる雨の夜の壁に音するきりぎりすかな」が存したのではあるまいか。

日本のうたの視覚表現

――日本のうたを絵とともに味わう――

藤本朝巳

はじめに

「日本のうた」を「絵」にして表現することには、どのような意味があるだろうか？　そして、視覚的に表現することによって、私たちは、「うた」と「絵」から何を知ることができるのだろうか？　筆者は、これらの問いを考察するために、日本の「わらべうた」、「唱歌」、「恋の歌」などを題材に、「うた」を視覚的に表現した何枚かの「絵」を用いて、日本のうたについて述べてみたい。

「ことば」による情報は絵を変える？

ここの掲載する一枚の絵には「たんぽぽ」という題が付けられている。見ると、その題の通りの絵である。見る者は、絵の中のたんぽぽを見て、何かしら懐かしい感じを持つ。さらに、この絵の細部をよく見ていると、絵の左の方に、女性と子どもがいることがわかる。この人たちの大きさを、草花と比較して判断すれば、二人は人間というより妖精のような存在に見える。また、紙面の表現を見ていくと、描き方としては、自然の姿をありのままに描き、絵の左上部が明るく、中央部分は暗く着色してある。目立つのは黄色い花に、白い綿毛である。私たちがこの絵を見るとき、だいたい以上のような事柄に気が付き、共通した感じを持つのではないだろうか。そして、このような表現が、この絵を見たときの観る者の第一印象といえるだろう。

図―１Ａ

ところで、この絵は安野光雅の『野の花と小人たち』[*1]という挿し絵集から取った一枚であるが、図―１Ａには、以下のような文章が添えられている。

たんぽぽ

タンポポをとってきて、少しかわかし、新聞紙の上に並べ、相当量の塩をふりかけて包み、上に基盤などを置いて二、三日ほうっておく。つまり一種の漬物にする。

するとタンポポは、しなやかに枯れた感じになる。茎の根の方を口にあてて吹くと、空気がはいってもとのようにピンとはる。ふくらみはないが、細長い風船のように見えてくる。女の子たちは、それを歯でキッキッとならして遊ぶのであった。

塩味のタンポポを吹きながらなめるのは、また格別であったから、女の子の遊びであるこのタンポポ漬けを、ぼくもまねしてやって見たことがある。

そんなわけで、タンポポは貴重な花であった。父が鮎かけの帰りに摘んできてくれた茎の長いタンポポを三本、学校にもっていった。だれか女の子にやろうと思っていたのだが、けんかの強い上級生がとりあげ、その上級生が、女の子にやってしまった。（一二六頁）

この文章を読むと、書き手の少年のころの、甘酸っぱい気持が伝わってくる。子ども時代の、少年の、少女に対するほのかな恋心が感じられるのである。安野の子ども時代であるから、男の子が女の子にプレゼントするのは、今よりもっと気恥ずかしく難しいことであっただろう。しかもすてきなプレゼントを持参したのに、上級生に取り上げられ、少年の、ほのかな恋の期待もかなわなかったこともわかる。

この挿し絵集は、もともと、ある雑誌[*2]の表紙を飾ったものを集めて作られたものであるが、それぞれの絵は、付けられたキャプションと文章とともに、独特の世界を創り出している。「あとがき」は―野草傷心―となっている。

さて、以上のような文章による情報を知った上で、もう一度、図―1Aを見直してみよう。どうだろうか。同じ絵が違って見えてこないだろうか。今度はどういうわけか、たんぽぽの茎が妙に目についてしまう。多くの茎が縦に斜めに、長く伸びているのがわかる。それは先の文章に「茎」という名詞が登場し、しかも、その茎が安野少年のプレゼントの品であったからであろう。図―1Bは、先の図―1Aの左部分を拡大した絵であるが、女の人と少年の頭上に、綿毛が風にのって飛んでいく様子が描かれている。その綿毛には手紙が下がっている。これらの綿毛は、きっと人の思いを載せて飛んで行くのであろう。左上の明るい部分は安野少年の期待を表し、中央の暗い部分は、少年のがっかりした気分を表しているのかもしれない。

さて、今、絵だけを見た場合の印象と、添えられた文章を読んだ後に、あらためて見た絵の印象の違いを述べたのであるが、このように、私たちは、ある情報が頭や心に入ると、絵の見え方

図—1B

も変わることがある。言葉をかえていえば、人は、絵を、その絵について書かれた事柄を知らないで見るのと、知って見るのとでは、全く違って見えるのである。すなわち、筆者は、私たち人間が、絵の中に知っているものを読み取り、知らないものは、その絵の中に描いてあっても見過ごす傾向があるということを言いたかったのである。

今、述べたような、人が絵を見るときの機能を参考にしながら、筆者は、この章で日本のうたを絵で表現することについて述べてみたい。そもそも、「うた」は時間の表現である。一般的には、歌う人が歌っている時に楽しみ、聞く人が聞いている時に楽しむものである。しかるに、「時間の表現」を絵という「空間の表現」に移したら、一体どのようなことが起こるのだろうか。実は、ここに、大変おもしろい現象が起こるのである。

そこで筆者は、日本のうたを、絵という視覚的な表現手段を使って表した何枚かの絵を用いて、順次、「日本のわらべうた」、「唱歌」、「恋の歌」などについて述べていくことにする。

1　わらべうたの視覚表現

(1)　生き続けるわらべうた

わらべうたは、日本で何百年も歌い継がれてきた、ことばとメロディーによる、伝承のうたである。筆者自身は田舎生まれでもあり、幼いころに、わらべうたを聞いて育ち、歌って楽しんだ。屋内では手遊びをしながら、屋外では鬼ごっこや石蹴りなどしながら近所の子どもたちと、歌いながらわらべうたを楽しんだものである。当時の子どもたちは、遊びの中で自然にわらべうたを歌い、またそのうたや遊びを、ありのままに習い覚えたものである。それは、他の遊び、面子やコマ回し、相撲などのように、子どもにとっては生活の一部であり、親や近所の子どもたちから自然な形で教えてもらった伝承の遊びであった。

しかし、今、わらべうたはあまり歌われていないという。もし本当にそうであるなら、なぜ歌われていないのだろうか。世の中に、ゲームやテレビ、アニメなど、子どもたちにとって他におもしろいものがたくさんあるからだろうか？　それとも、今の子どもたちは年齢の違う子どもと遊ぶ機会が少ないからだろうか。身近で、物騒なことが多発するから、子どもたちだけで外で遊ばせることができないからだろうか。

実際、「日本はほとんど子どもすら見かけなくなった社会」といわれることがある。このようないい方には「子どもらしい子どもを見かけなくなった」という皮肉と、「戸外にこどもを見かけない」という意味がこめられていて、私たちは、このようなことばを聞くたびに、複雑な気持ちにさせられる。

また、わらべうたが廃れていく理由は、そのことばの意味がわかりにくいからだろうか？　確かに、わらべうたには古い言葉や地方ことば（方言、訛りなど）で歌われているものが多い。中には、物語形式の長い歌詞のものもあるので、現代の若い両親や子どもに親しみにくいということはあるかもしれない。以上のような状況があるので、わらべうたがあまり歌われていないというのも、ある面では事実であろう。

しかし実際には、わらべうたは少しずつ復活している。『にほんのわらべうた』[*3]という書物によれば、「都市の下町ほど「わらべうた」は残り、生きていることも事実です。子どもたちは表面には出てこないけど、どこかで「わらべうた」をやっています」（① 八七頁）と記されている。また同書で、詩人で、わらべうたや子どもの唄に詳しい谷川俊太郎は「都心部では保育園とか幼稚園の先生たちが一所懸命子どもに「わらべうた」を教えている。それで子どもたちがある程度歌うようになったと聞いてすごくおもしろかった」（② 八五頁）と述べている。実際には、わらべうたは廃れてしまったわけではなく、少しずつ復活しているのである。

日本の人びとは、体の中にまだ日本語の調べを持っている。筆者の経験では、多くの人は、わらべうたを聞けば簡単に歌えるし、心が弾んでくる。それに、わらべうたを聞けば、なにより嬉しい気持になる。であるからこそ、日本人の遺産であるわらべうたを多くの人に口ずさみ、伝承していきたいと願うものである。

(2) 日本のわらべうたの視覚表現

以下のわらべうたは、先にあげた『にほんのわらべうた』[*4]に収められている一曲である。

おーちゃを　のーみに　きてください　はい　こんにちは
いろいろおせわになりました　はい　さようなら（音引きは筆者の追加）

このうたは、縄跳びうたである。以下のようにして遊ぶ。まず、お待ち役の二人が、大縄を回す。そして「おーちゃを　のーみに　きてください」で、ひとりの子が入って飛ぶ。続いて、「はい　こんにちは」で、もうひとりの子が入って、向かい合わせになって飛ぶ。その後、「いろいろおせわになりました」で、ふたりはおじきをする。そして「はい　さようなら」で、はじめに飛んでいた子が出ていく。このようにして、何度も繰り返す。以上が、この縄跳びうたの遊び方である。いたって簡単で楽しい遊びである。子どもたちは、日長一日、このようにして、歌いながら縄跳びを心ゆくまで楽しむ。筆者自身は、このうたで遊んだという記憶はないが、似たような節で、似たような縄跳びをして遊んだことがある。その時、自分の番がくるたびに、上手に入れるか、またうまく縄から逃げ出せるか、どきどきしたものである。そして、楽しかった思い出として記憶している。

子どもというものは、本来、動きたい生きものであるし、躍動感のあるものが大好きである。縄を使い、体を動かし、リズムや音に合わせて友達同士で遊ぶところに、何ともいえない楽しさがある。

ところで、このわらべうたを、もし絵で表すとしたら、どんな絵を付けて表現できるだろうか。もちろん、縄跳びをしている絵をつければ自然であるが、それでは少しも芸がなく、おもしろみもない。

わらべうたは、必ずしも、その遊びをするときに歌うものとは限らない。また、その遊びのときに覚えたとしても、別の時、別の場所で、自然に身体のうちから飛び出してきて、口ずさんだりするものであるから、むしろ、別の状況を表示して、このうたの持つ幅、深さ、すなわち、遊びのバリエーションをふくらませてみたらどうだろうか。

さて、柳生弦一郎は、このわらべうたに次のようなイラストをつけて絵本[*5]にしている。例えば、これらの3見開きページの絵はこの絵本から取った絵であるが、図—2で少年が友だちに声をかける。「おーちゃを　のーみに　きてください」すると、「はい　こんにちは」で、大きな卵がやってくる。（図—3）そして、「いろいろおせわになりました　はい　さようなら」とともに、卵が割れ、恐竜が出てきて、そして歩いて行ってしまう。その足跡は、後ろの見返しページを進み（図—4）、最後に、裏表紙では、遊びにやってきた他の生きものであるカエル、タコ、ばけおやじなどが勢揃いして、恐竜の背中に乗っている（図―5）。話の筋そのものは、まったくナンセンスな展開である。しかしながら、奇想天外で、なんとも愉快である。

この絵本は、繰り返しのフレーズと、それに付けられた絵で成り立っている。主人公の少年の

おーちゃを　のーみに　きてください

図―2

はい　こんにちは

図―3

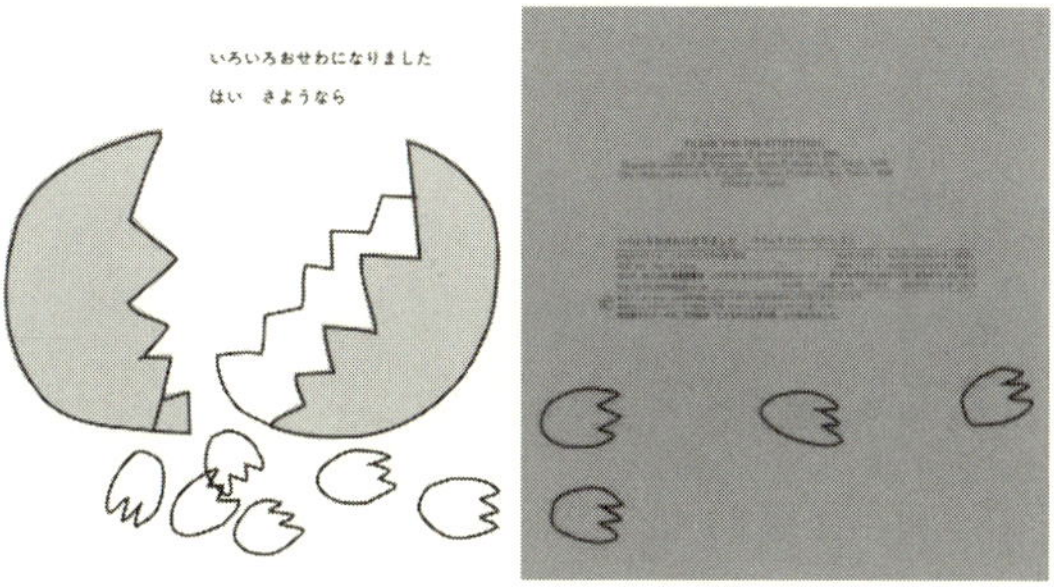
いろいろおせわになりました
はい　さようなら

図―4

図―5（表紙）

もとへ、「おーちゃを　のーみに　きてください」という誘いかけのことばに誘われて、最初に、「はい　こんにちは」とカエルがやってきて、なんと逆さまになって遊び、次に、「ちゅうちゅうたこかいな」のたこ、その次に、「さいならさんかく」の歌のおしまいに出てくるおやじがやってきて、最後に図の恐竜の登場となる。それぞれのお客は、「いろいろおせわになりました　はい　さようなら」のことばとともに、帰って行く。その登場者たち同士は、何の脈絡もなく登場し、しばし主人公と遊び、消えていく。これはもしかすると、子どもの発想に近いのかもしれない。

(3) 絵で表現することのおもしろさと意味

さて、英国にもマザー・グースという伝承の唄があるが、十九世紀の中頃、ランドルフ・コールデコット[6]という画家は、それらの唄に絵をつけて、見事な絵本を十六冊作っている。彼は韻を踏んだ、短い伝承の詩に独特の解釈を施し、物語化して絵本にしたのである。

例えば、ほんの十数行の詩が二十四ページの絵になった*THE MILK—MAID*（『乳しぼりの娘』[7]）は、十六冊の中でも絵本として大変すぐれた作品である。この詩は古い民謡であるが、彼の絵本のテキストを読むと、登場人物は若い貧しい地主の息子、その母親、そして、田舎のお百姓の娘のみである。うたの中で、若い二人は一種恋の駆け引きをするが、持参金目当ての息子が、お百姓の娘に言い寄り、落ちぶれた地主階級であることがばれてしまう。そこで、息子は、貧しいけれど、快活な農家の娘たちに、さんざんにからかわれ、懲らしめられて、物語の幕が閉じる。詩歌を読むと、内容は若い人たちの単なる会話になっている。しかし、コールデコットは、その話を膨らませて、さまざまな工夫を施して絵本化している。

例えば、絵を見ると、それぞれの若者の母親が描かれている。また恋するのは若い男女だけではなく、それぞれの飼い犬（地主の競争犬と娘の牧羊犬）が恋するようにじゃれ合う場面も描かれている。人間の恋の駆け引きが主流の物語なら、犬のじゃれ合いは副となる物語である。

さらに、テキストには出てこない、娘の父親や村の他の娘たち、野原の牛など、余分な登場者が描いてある。話が進むに連れて、なかなか乳を搾ってもらえない牛が怒った顔になる様子まで皮肉を交えて描いてある。また、登場者の衣装や家の部屋の壁掛け、絨毯なども時代めいたデザインが施され、物語とは直接関係なく、絵で、読者を楽しませてくれる。

両方の絵本を比較すると、柳生弦一郎の絵本『いろいろおせわになりました』とコールデコットの絵本には、はっきりした共通点がある。つまり、短いテキストを長い物語にしている点、それゆえ、テキストには書かれていないことが絵で示されることによって、読者を楽しませるという特質である。ここに、「うた」を視覚化して「絵」（「絵本」）にする意味とおもしろさがあるといえよう。

その他、わらべうた絵本として興味深いものに、『わらべうた』（幅　一夫　絵、芸術教育研究書編、岩崎書店、一九八四年）がある。この絵本は、正月から十二月まで順を追い、各月毎に、その月、季節に関係あるうたを載せ、それぞれの行事や出来事の解説も添えられている。うたそのものは、よく知られているものではないが、日本の文化としてのわらべうたを知るには、良く編集された絵本である。なお、絵は墨絵や日本水彩画で素朴に描かれていて、いかにも日本らしい絵作りがされている。

わらべうたは、幼いころの「ことば」の体験、幼いころの「音」の体験である。これら、ことばとメロディーが一致して、歌って心地のいいものである。この遊びの場は子どもの成長と深く関わりがあり、またこの場は、子どもたちが一緒に歌い遊ぶことによって、人と人の関係（自分以外の人を知るという感性）が育つ場でもあった。昔の子どもは、そういう意味で、自然に共同体の場に交わり、歌って遊ぶ詩を体験して育ったといえよう。それに比べ、現代の子どもたちは、日本の文化の一つであった遊ぶ広場すらなく、場をなくすことによって、日本人として大切なこともなくしてしまっているのではないだろうか。

そう考えるとき、視覚映像に親しんでいる現代の子どもたちに、歌い慣れていないわらべうたを視覚化し、目に見える形にして提供し、楽しむ機会を与えることには、大きな意味があるように思われる。日本の子どもは（あるいは、大人も含めて）、わらべうたで遊んだ経験がないように感じていても、実は、ことばとメロディーによる、伝承のうたを忘れているだけかもしれない。私たちが意識していなくても、その遊びのレベルの奥にある何か、文字化された言語ではなく、音声化された言語、そういうものが「わらべうた」には隠されているのである。この不思議なうたは、しかし、体に自然に入っていく時期に覚えることが大切である。歌のテンポやリズムが身につく幼い時期に、音に敏感で、音を聴いただけで精神が変わる時期にこそ、親しませたいものである。

先日、筆者は、わらべうたの指導をなさっているご婦人たちと話し合う機会があり、現状を聞いて見た。そのときの感想であるが、筆者の住んでいる湘南地方でも、盛んにわらべうたの講習会や指導の場が持たれている。そのような機会に、若いお母さん方が、幼い子どもたちを連れて来て参加されるが、驚いたことに、子ども同士がなかなか手をつなぐことができないそうである。さらに、自分の子どもとも手をつなぐことも、我が子を抱擁することもできない母親もいるそうである。

しかし、いったんわらべうたを歌い出すと、自然に手をつなぎ、楽しく交流ができるようになるということであった。

また、うたというと、わらべうたであっても、少々敷居が高いというか、参加した親御さんたちは参加することに躊躇してしまわれるそうであるが、そこに視覚化した絵があると、入りやすいそうである。こんなところに、うたを視覚化する利点もあるようである。

なお、本来、わらべうたの「ことば」も「メロディー」も、時代とともにどんどん変化していくものである。そうであるからこそ、今、うたを録音し、また絵という視覚的な記録によって保存することには、少なからず意味があるように思われる。

2 唱歌の視覚表現

(1) 懐かしい唱歌

もう何年も前になるが、あるとき筆者は、『日本童謡集』[*8]という文庫本を手にし、部屋で読むともなく歌うともなく、漫然とページをめくって過ごしていた。その童謡というのは、北原白秋の「雨」、「あわて床屋」、「お祭」、「かえろかえろと」「からたちの花」、「砂山」、「ペチカ」、「待ちぼうけ」、「揺籃のうた」、西條八十の「かなりや」、清水かつらの「靴が鳴る」、「叱られて」、中村雨紅の「夕焼小焼」、野口雨情の「青い眼の人形」、「赤い靴」、「あの町この町」、「雨降りお月さん」、「二五夜お月さん」、藤森秀夫の「めえめえ児山羊」、三木露風の「赤蜻蛉」などであった。ほとんどが大正時代のうたである。筆者の年齢くらいの人なら、ここに出てくるような童謡の、たいていのメロディーを知っているので、その時、筆者は懐かしく口ずさんでいた。

するとそのとき、当時、小学校二年生になったばかりの次男がやって来て、私の横に座り、その文庫本を覗き込んで、尋ねた。「何、読んでるの？」そこで、私は「童謡」と答えて、ページをめくりながら声に出して歌ってやった。するとどうだろう。息子はただ黙って聞いているのでる。しかも興味深そうにしている。そうやって二時間近くもたったであろうか、その間、白秋の「あわて床屋」、「お祭」などを聞いたときには、息子は、思わず立ち上がって、踊り出してしまった。

この出来事は私にとって、非常に興味深い体験であった。二年生の息子が、おそらく初めて聞いたであろう、日本の古い童謡を楽しんでいたからである。ここには日本のうたの特徴的なメロディーがあり、もの悲しい響きがあり、また日本人の好む、心弾むリズムなどがあったのである。童謡は大人にも子どもにも愛唱される、まさに日本のうたである。

さて、今、挙げたうたは童謡と分類されたものであったが、これらのうちの「雨降りお月さん」、「あの町この町」、「赤蜻蛉」などは唱歌としても歌い継がれているものである。

ところで、唱歌という分類は判然としないが、芥川也寸志によれば、「今日、私たちが普通に使っている唱歌という言葉は、明治五（一八七二）年の学制発布以来のものと思われる……この言葉にしても、すでに平安朝時代からまったく別の意味で使われていた……笛などの管楽器類の吹き方を、覚えたり他人に教えたりするために口で模すときに、これを唱歌（しょうが）といい、室町時代の終わりごろからは、短いうたの歌詞の意味にこの言葉が使われていた」[*9]（以下、芥川の文章は同書からの引用である）そうである。

なお、明治五年以来、唱歌は教科目に入っており、その後、東京師範学校附属小学校で唱歌教育を始めたのであるが、わが国で洋楽が輸入され、日本の土に根を下ろしはじめたのは、唱歌というものによってであった、と芥川は記している。また、「明治の後期となると、唱歌調の歌がちまたに氾濫し、文部省は教材としてこれに一定の基準を与える必要から、明治四十四年から大正三年にかけて、小山作之助が中心となって尋常小学校一年から六年まで、各学年別の小学唱歌集を編纂した。これがいわゆる「文部省唱歌」である」と記している。

なお、芥川は日本の唱歌について、

唱歌というものは、単に子どもたちばかりでなく、彼らを通して多くの大人たちにも愛唱されていたのであり、唱歌というものを十把ひとからげに、単なる文部省特選教材という見方をするのは大きなまちがいである。そうでなかったら、「港」にしろ「夏は来ぬ」にしろ、今日なお、私たちの心をうつはずがない。

と、記している。すなわち、私たちが、これらのうたを唱歌という範疇に入れ、これらのうたを子ども向けのうたと分類してしまうのは、ふさわしい方法ではないと述べているのである。このように、唱歌は大人、子どもの区別なく、日本人の心をしっかりととらえる魅力のあるものと考えるべきである。

また、芥川は、

……古くても、いまも変わらずいいもの、がある。「夏も近づく八十八夜……」「うさぎ追いしかの山、こぶな釣りしかの川……」「海は広いな大きいな……」など、どれを口ずさんでみても、昔歌ったなつかしさを超えて、ああ、いいなあ……という感慨が湧いてくる。かつて、多くの人々から愛され、歌い続けられた歌には、時代がどんなに変わっても、やはり人の心をうつなにかがある——。

と、記している。筆者と我が息子は、年齢はもちろん違うが、たった二世代違うだけで、育った環境は全く違う（筆者は昭和二十年代に生まれ、熊本の山間の田舎で育ち、息子は平成の初めに生まれ、茅ヶ崎の海の近くで育った）。しかし、不思議に童謡や唱歌に同じように心惹かれるのである。この理由は、やはりことばとメロディーの力によるものであろう。

(2) 唱歌を絵で見せる

画家の安野光雅は、日本の唱歌に、なつかしい絵をつけて絵本にしている。図—6は「ふるさと」につけられたイラストである。昔懐かしい、ふるさとの風景。山、田畑、小川、草木、そして戯れる子どもたちの景色である。

図—7は「汽車」につけられたイラストである。田舎の山、川、田園風景、線路、小さな鉄橋、わらぶき屋根の家々。煙を吐いて走る蒸気機関車（数両のみ）、そして、その列車に手を振る子ど

図—6

図—7

図—8

図—9

図—10

図—11

もたちの景色である。
図—8は「雪」につけられたイラストである。田舎の原野に降りしきる雪。雪の積もった山、田畑、雪を喜ぶ子どもたち、小さなそりなどが描いてある。
図—9は「雨降りお月さん」につけられたイラストである。月夜の晩に、花嫁を乗せて行く馬とお付きの一行。花嫁道具を乗せた馬に、雨傘をさし、雨合羽のような蓑を羽織り、荷物を担ぐ人々。喜ばしい日なのに、なぜか、もの悲しい風情が漂う。しかも、一行は山の上を宙に浮かんで進んでいるようなファンタスティックな情景が描かれている。
図—10は「あの町この町」につけられたイラストである。日暮れ時の町角。陽はすでに沈み、心細さと寂しさが漂う。瓦屋根を上から見せ、遠方の小高い丘の上に立ち並ぶ家々。電柱、お店の看板。帰りを急ぐ子どもたち、その衣装は着物姿に腰の帯。もう家々に明かりが灯り始めている。この絵は切り絵で表現してある。
図—11は「金太郎」につけられたイラストである。足柄山の金太郎伝説を切り絵で表現している。熊にまたがる金太郎はまさかりを担ぎ、お付きの動物《けだもの》はうさぎに、猿にきつね。一行は丸太の渡し橋を渡っている。切り絵なので黒い部分が多いが、逆光的な構図が効果的である。
以上のような切り絵を見ると、これらの表現がきわめて日本的であることがわかる。これらの表現の特徴を簡潔にまとめると、次のようにいえる。図—6～9の水彩画による表現は、すべて、丸みを帯びた、あいまいな形態で描かれている。また線を見ると、線がないか、境をあいまいに表現していることがわかる。その手法は、日本の自然・風土を的確に表しており、また、着色についていえば、滲《にじ》み・ぼかしを活かした淡い色合い、そして、かすんだ色合いが、日本の温暖な気候をうまく表している。また季節を追って構成された絵は、日本の四季、季節毎の行事・出来事を自然に表しているといえる。さらに、唱歌（童謡）の歌詞を入れるスペースを確保する余白が取ってあり、その余白が構図として、窮屈でなく、のんびりした感じを巧く出している。

一方、図—10〜11は切り絵による表現であるが、切り絵とは、鋭利な刃物で紙を切り、線と面で画面を創り上げる手法であり、そもそも白と黒のコントラストを基本的な要素とする。それゆえ、その表現は表現自体が簡潔なものでなければ成り立たない。

しかし、黒い紙を切り抜き、白い紙の上に重ねる手法は、一種の紙による工芸であり、白黒でありながら、見る人には、さまざまな色彩・形態や、豊かな情景を空想、連想させる。これらの絵は、鮮明な印象を与える、安野の独得の創造世界といえる。

安野は、切り絵の特徴的要素を活かすために、人物と動物などは、ほとんどが正面か横向きで表現している。これらの切り絵は平面でありながら、動くものの立体的な感覚を与えている。また、白黒（モノクロ）を活かすリズミカルなデザインが、情景や置かれた事物に遠近を感じさせ、画面に広がりを感じさせる。

さらに安野は、遠景・中景・近景の感じを出すために、重ねた構図を用いたり、不自然に事物を組み合わせたりし、独特の構図で、昔を思い浮かべさせる絵作りをしている。これは水彩画で描いた挿し絵とはまったく手法が異なり、見るものに不思議なイメージを思い浮かべさせ、独特の世界を作り上げているといえよう。そして、このような表現が唱歌の世界を感じさせるに、きわめて効果的な挿し絵になっているのである。安野は、たった一枚の黒い紙を切り抜いて、各唱歌に対する情感を表現し、読者に懐かしさと深い感動を与えているのである。

(3) 日本らしい唱歌の世界

高階秀爾は『日本美術を見る眼』*10という書物で、日本の美術の特徴を以下のように述べている。

> 「清らかなもの」「清浄なもの」に美を見出す日本人の感受性も、また数多くの美術作品のなかにその反映を見出すことができる……何の飾りもない白木造りの建物や、何も描かれていない画面の余白を重要視する美学は、まさしくそのようなものであろう。もともと「きよら」というのは、汚れやくもりのない状態のことである。つまりそれは、何か良いもの、豊かなものがあるという積極的な状態ではなく、余計なもの、うとましいものがないという消極的な状態である。それは、いわば「否定の美学」と言ってもよい。（一四頁）

上記のことばに沿って、安野の挿し絵を見るとき、とてもわかりやすい説明となる。安野が唱歌につけた挿し絵（水彩画）は、日本人が過去の幼い時代を思い返すときの、そこにある清らかなもの、清浄なものを表現しているといえよう。私たちが幼いころに育った、その自然の「姿」、まだ壊されていない、そして汚されていない日本の自然、さらには、まだ世間に染まっていない純朴な幼子の姿を思い出させるのである。唱歌は、もともとそのような清らかさをもつうたであり、安野の挿し絵は、その清さを素朴に描いているといえよう。

また、それぞれの画面には、余白があり、その部分に安野は唱歌の歌詞を入れている。美しい自然と余白に収まった歌詞は、メロディーの持つ清さを表すために相乗的な効果を持ち、独特の平面構成となっている。

安野の描いた唱歌の世界は、日本らしい、穏やかで静かで、しかも清らかな世界が演出されているといえる。これらの各要素は、本来、日本の唱歌が内に秘めているものが視覚化されているといえるのではないだろうか。

3　恋の歌の視覚表現

(1)　恋は絵になる?

続いて、恋の歌を視覚化した「切り絵集」を見てみたい。この作品は『安野光雅きりえ百首』[*11]という画集であり、―俵万智と読む恋の歌より―という副題がついている。

この画集の出来上がった経緯を見ると、本来、副題となっている恋の歌が先にあり、その歌に安野が挿し絵をつけたものである。すなわち、そのエッセイは、俵が朝日新聞の日曜版に二年間にわたって、毎週一首ずつ恋の歌を取り上げ、その解釈と鑑賞を、そして本人によると、ときには脱線して書いてきたものという。そのようにして、連載されたエッセイ的な読みものを一冊にまとめて出来上がった、歌とエッセイと挿し絵集である。

さて、恋の歌は、さまざまである。恋の期待と不安を綴った詩あり。喜びと落胆の歌あり、純愛の歌もあれば、人の道に外れる恋の歌もある。片思いの恋、相思相愛の歌もある。そんな、恋する人のさまざまな思いを歌人が歌い、そしてまた、それらの歌を読む人がさまざまな思いに浸る。それゆえ、その歌に対する解釈や印象は人によってかなり異なると思われる。

ところで、俵は「あとがき」に以下のように記している。「選んだ短歌は、とにかく私が「好き」ということに尽きる。一人でも多くの人に、「こんな素敵な短歌があるんですよ」と届けたかった……短歌というのは、潔く短いぶん、読者の「読み」に委ねられている部分が大きい。ここに記されているのは、現時点での私の「読み」に過ぎない。この本を手にとったかたが、さらにそれぞれの「読み」をしてくださったら、嬉しい。あなたと読む、という書名には、そんな思いも込められている。」[*12]（以下、俵の文章は同書からの引用である。）

そもそも恋の歌には、詠んだ側の、その場の状況があり、その時の思いがあり、そして読者が読む場合も、読む側の状況があり、その時の思いがある。そこで、読む側の解釈もそのときどきで変わり得る。その点、俵のことばには、読む側にも気楽な思いで読んでよいという促しがあり、手に取りやすい。

さらに、この歌集には安野の想像した世界が、切り絵で添えられていて興味深いのであるが、安野は画集の「あとがき」に「この本ができるまでの、いきさつと、弁解、楽屋話」として、以下のように記している。

楽屋話をすると、一月に四首という割合で俵さんから歌が送られてくる。それらを読んで「こころの中の目の前をさっとよぎる印象を待って、それを描く」のだが……あまり深く読んで、入試問題のように解釈しすぎると、わたしはもともと散文的なところが多いので、絵が説明的になってしまう。

挿絵は説明ではないとかねがね思っているし、とりわけ短歌を絵ときにすると、みもふたもなくなるから危ない……「こころの中の目の前をさっとよぎる印象（とでもいうほかないところの、アウンの呼吸のような印象）を持って、それを描く」ことになる」

と、恋の歌を絵にすることの難しさと危うさを記している。

(2) ことば（文字）と絵で表す恋の世界

図―12は、おもしろい切り絵である。短歌は以下のように歌っている。

図—12

美しき誤算のひとつわれのみが
昂ぶりて逢《あ》い重ねしことも

岸田大作

絵は二枚一組である。前半と後半で構成され、この組では後半は少し字余りになっている

さて、この歌の説明文で、俵は以下のように述べている。

その人が演劇好きなのを知っていた私は、話題の舞台のチケットを、かなり無理して手に入れた。そしてさりげなく「たまたま二枚取れたんですけど、一緒に行きませんか?」——約束をした日から、私の思いは、もっぱら「観劇後」へと飛ぶ。終わったらどこでお茶を飲むがいいかしら、あっ、そういうのは男の人が考えることかな、でも渋谷は詳しくないかもしれないし……想像は想像を呼び、やがて妄想の域に達し、デート（と自分で決め込んでいる）当日には、あんまり楽しみしすぎて……

舞台は素晴らしく、彼はご満悦。……が、そのあとがいけない。駅の近くまできたとき彼は、「じゃあ、このあとちょっと用事があるんで」と微笑《ほほえ》んで、改札の中へと消えてしまったのである。……残された私の心はからっぽになり、その空洞には掲載歌が、鳴り響いていた。

恋は不安ながらも思いこみが深いだけに、その後の期待はずれの落胆は、さらに深い。しかも自嘲気味にならざるを得ない。その思いを俵は以下のように表現している。

「美しき」という表現を、人は甘いと思うだろうか。私はむしろ、自分自身への皮肉と同情とが、複雑に滲《にじ》み出ている言葉ではないかと思う。客観的に見れば、滑稽《こっけい》なことだ。恋の一人相撲。そのことに気づいた自分は、何も見えていなかった自分に対して声をかける。「一人で閉じた世界は美しいねえ」という皮肉の声。そしてまた「思い出という装置が、すべてを美しくしてくれるよ」という同情の声。その二面を持った「美しさ」ではないだろうか。

さて、この歌につけた安野の切り絵は、この作者の気持を上手に表している。右が思いを寄せる人に逢ったときの絵であろう。読み手の主人公は陸橋のような段々の上に、憧れの君と並んで立っている。二人は月の下で、互いに近く立ち、しかし恋人のように触れ合ってはいず、二人の間に少し距離がある。

右の絵を見た者は、最後に、切り抜いて作られた「われのみが」の文字を読むに違いない。そして左の絵に移ると、主人公の男性が落胆の思いに打ちひしがれて階段を一人で降りていることに気づく。その姿は、腰が引け、膝が折れてしまい、痛々しい。思いを込めて昇り着いた段上から、転げ落ちないように、やっと手すりにつかまって、階段を降りていく哀れな姿である。

短い短歌の背景には、読み手の長い間の期待があり、複雑な心情があったに違いない。この切り絵は、その恋の思いと期待はずれの落ち込む心情を、二枚の絵で実に的確に表現しているといえよう。

次の絵は人の思いのたよりなさ、儚さを巧みに描いた絵である。

紙ひとえ思いひとえにゆきちがいたり
矢車のめぐる　からから
平井　弘

俵は、この歌の解説として、以下のように文章を添えている。

図—13

人間は、一致していないからこそ、その隙《すき》間《ま》を埋めようと努力もするし、目には見えない自分の心を、言葉で伝えようともする。が、悲しいことに、それが百パーセント伝わるということはほとんどない。時には、ささいな行き違いからケンカになったり、ちょっとした誤算が、とりかえしのつかない事態を招くことさえある……

掲載歌からは、そんな行き違いの苦さが、そして苦さの後にくる空虚さが、伝わってくる。二つ目の「ひとえ」には「一重」と「ひとえに」という意味とが掛けられているのだろう。ほんのわずかな心のズレが、しかも思いのゆえに、別れをもたらしてしまう。情けないようなばかばかしいような気分を、下の句が巧みにとらえている。

筆者は、この短歌の下の句「矢車のめぐる　からから」という語句に、何ともいえない寂しい渇いた響きを感じた。しかし、絵となると、矢車の回る様子を描くのは難しい。まして安野は、切り絵で表現するわけだから、「からから」と空回りする様子を切り紙細工で表さなければならなかった。安野は、おそらく思案したに違いない。これは矢車では表現できない。しかし矢車は描きたい。どうしたものか？　解決策は回転する矢車の代わりに、くるくると飛び回るツバメの姿を入れることであった。たとえ、絵の矢車は回転しなくても、読者はくるくると回転して飛ぶ鳥の姿に、少なくとも回転の動きを無意識に感じ取るはずである。

それにしても、安野の、上の句の「紙ひとえ思いひとえにゆきちがいたり」の表現も巧い。はかない恋のすれ違い、勘違い。瞬間のたわいのない行為が誤解されてしまう、という不安定な恋の顛末の悲しさを、安野は、切り抜いた、脆い紙の文字と、風にそよぐ一輪の花で描いている。この描写で、上の句の頼りなさが表現されているといえよう。

次の絵は北海道で農業を営む農夫の生活を描いた歌につけた絵である。

トレイラーに千個の南瓜と妻を積み
霧に濡れつつ野をもどりきぬ
時田　則雄

図—14

俵は、この歌の解説として、以下のように文章を添えている。

南瓜の馬車ならぬ南瓜のトレーラーである。千個の南瓜とともに妻を「積み」というところが、なんともいえない味を出している。この無造作な言い方の中にこそ、妻への愛情や夫婦間の信頼が、かいま見える……下の句の「霧に濡れつつ」にこもる実感。身体を、自然とふれあわせている感じが、よく伝わってくる。

……女性の中にある力強さを、南瓜……と響き合わせながら、いっぽうできちんと彼女の美しさを引き出し、しかも南瓜……のほうも貶《おとし》めてはいない。こういう表現は、心からの愛情がないと、なかなかむずかしいだろう。

……掲出歌は、収穫の喜びをあらわす一枚

の絵画のようである。そこに妻を描き入れたことの意味は大きく、そのことによって、人生そのものの喜びや充実までもが表現されたのだ、と思う。

この歌の作者は北海道で農業を営んでいる人だそうである。日々の生活の中から生まれてきた作品には嘘偽りのない実感がこもっている。生活感というか、生きている力強さというか、ともかく土の臭いはするが、どこか気品のある作品である。

さて、安野が、この歌につけた二枚の絵は、構図から見ると対照的である。上の句の絵も下の句の絵も、それぞれ、文字を入れるスペースを確保するために空間を作っている。しかし、上の句の絵では、下のほうにスペースを取り、下の句の絵では、上のほうにスペースを取っている。前者では、遠方を走るトレーラーの様子を横向きに描き、絵の重心は上部に配置し、遠近感が感じられる構図にしている。また、広い牧草地（手前）とポプラ並木が北海道らしさを連想させ、牧場の清涼感が漂う。

一方、後者では、家屋を地上すれすれの位置で裁ち落として描き、絵の重心は下部に配置し、落ち着きのある構図にしている。この安定した構図が、労働後の家族が憩う様子を満足げに、しかも静かに示しているように感じられる。宿舎は空を背景に落ち着いた様子で佇み、一日の終わりであるかのように、窓辺には明かりが灯っているようにも見える。絵作りには細かい配慮があり、生活感のある煙突が描いてあり、仕事着が洗濯して干してある。

(3) 恋歌を絵にする工夫と効果

今、提示した三つの組の絵には共通点がある。一つには、それぞれの歌が二枚組の絵で作られていること。一つには、それぞれの絵は、花札の絵柄の外枠ように太い黒色の枠で囲んであり、その枠が枠内のうたと絵を遠い世界のようでもあり、身近な世界のようにも感じさせる働きをしていること。また、三つ目として、絵にはめ込まれた歌の文字は、文字そのものが絵のデザインをなしており、歌によって、文字を入れる位置も工夫してある。文字デザインそのものが、形態で、また、その置き方で絵を助けているのである。

さらに、全体の絵を見ていくと、歌の感じを出すために、文字を入れるスペースが工夫されていることがわかる。例えば、文字を上部に入れたり、下部に入れたり、ときには分かち書きにしたり、縦に一列に入れたりしている。また、文字は、ときには端によせて入れ、ときには隅にまとめて入れてある。そして、このような文字のさまざまなデザインが絵の一部となって、歌の持つ、さまざまな意味合いを強め、あるいは弱め、効果的に作用しているのである。

おわりに

筆者は、かねがね「日本のうたを絵にすることの意味は何であるか？　そして、視覚的に表現することによって、私たちは、うたと絵から何を知ることができるのか？」を考えてみたいと思っていた。そこで、この文章では、日本の伝承的なうたである、「わらべうた」、懐かしい「唱歌（童謡）」、そして、近代、現代の「恋の歌」を絵にした作品を数点取り上げ、それぞれについて、うたに絵を添えた場合の効果を述べてきた。

さて、「うた」は本来、やはり「うた」である。そこには、ことばやメロディーがあり、詩情が漂う。これを絵にすること、あるいは絵を添えて味わうことは、本来の味わい方ではないかもしれない。

しかしながら、絵にすることによって、また絵を添えることによって、うたの楽しみ方は深化する。例えば、

一．絵を付けることで、そのうたをよく知ることができる。

二．また、絵を添えることでうたを別の視点から楽しむことができる。

三．さらに、絵とともに味わうことで、一つのうたを多層的に味わうことも可能になる。

というように、絵を与えることで、うただけでは味わえない、別の、深い楽しみを付加することができるといえる。

しかしながら、絵を付けたからといって、誰でもが同じような楽しみを味わうことになる、というものでもない。なぜなら、この章の「はじめに」のところで述べたように、私たちが絵から読み取ることができるものは、その読者（見る者）の経験や知識によって異なるからである。私たちは、先に持っている知識によって、絵の中に、各自別々の事物を読み取る。すなわち、一般

的にいえば、私たちは絵の中に知っているものを読み取る傾向がある。また経験していないことは、いくら視覚的に示されたところで、やはり読み取れないのである。

その意味で、うたを味わう場合も同じことがいえるのではないだろうか。人はあるうたを聞いて、やはり、そのうたの中の、知っていることを聞き取り、知らないことは聞き取ることができないということが起こるかもしれない。その点、もし、そのうたに絵が添えられていて、あるいは絵とともに味わうことで、より情報が増え、知識が増すことによって、味わい方にも深みが出るということは可能かもしれない。

今日、音を絵にする試みは、さまざまな分野で日常的に行われている。テレビや映画でもそうであるし、最近では音楽に動画（映像）をつけてカラオケにしたり、音楽をビデオにして販売することも盛んである。このような試みの良し悪しは別にして、音を絵や映像と楽しむことには何かしら意味がある。

今回、筆者はうたを絵にし、また、うた（ことば・文章・メロディー）を絵とともに楽しむことについて述べてきた。こうした「音の視覚化」には大きな可能性があると思われる。例えば、絵を添えることで、音の世界・文字の世界を豊かにすることが可能になる。それが唱歌であれば、うたに絵を添えることで、音だけでは味わえない、大人にとっては懐かしい世界を、子どもにとっては、はじめて知る世界を、より正確に知ることができるようになる。つまり、日本らしい風景（自然・風土）、日本らしい文化、日本の行事（出来事）を絵で示して、ことばとメロディーの世界を、音と絵で楽しみ味わうことができるようになる。
なお、筆者はここで、うたに絵を添えるべきと奨めているわけではなく、うたの楽しみ方に、このような方法もあり得るということを述べているにすぎない。いずれにしても、うたを楽しむあり方は、十人十色、いろいろなやり方があって良いはずであり、うたと絵を同時に楽しむことによって、私たちの生活がより豊かになれば、それはそれで結構なことであると思う。うたと絵で、「うた」の世界を存分に楽しんでいただきたいと願うものである。

注

＊1 安野光雅『野の花と小人たち』岩崎書店、一九九六年。
安野光雅 一九二六年、島根県津和野生まれ。小学校教師を経て画家となる。国際アンデルセン画家賞、BIB世界絵本原画展金のりんご賞など、数多くの国際的な賞を受賞している。

＊2 『母の友』福音館書店、一九七三年四月―一九七五年三月。

＊3 近藤信子、柳生弦一郎『にほんのわらべうた』全四巻 福音館書店、二〇〇一年。

＊4 同＊3 掲載書

＊5 柳生弦一郎『いろいろおせわになりました』(こどものとも年少版) 福音館書店、二〇〇二年。
柳生弦一郎 一九四三年生まれ。絵本作家。科学的な読みもの(身体の部位や機能を説明したものが多い)などをユーモアあふれる愉快な絵で表現している。

＊6 Randolph Caldecott (一八四六〜八六年) 十九世紀イギリスの挿絵画家、絵本作家。北西部の州チェシャーの商人の子として生まれる。エドモンド・エバンズ(Edmund Evans) との合作によ

るマザーグース絵本などで知られる。英国絵本の基を築いた。
＊7 Randolph Caldecott, *The Milkmaid*, George Routledge & Sons.
＊8 与田凖一編『日本童謡集』岩波文庫、一九五七年。
＊9 芥川也寸志編、安野光雅絵『歌の絵本―日本の唱歌より』講談社、一九七七年。
＊10 高階秀爾『日本美術を見る眼―東と西の出会い』岩波書店、一九九六年。
＊11 安野光雅『安野光雅きりえ百首―俵万智と読む恋の歌より』NHK出版、一九九七年。
＊12 俵万智『あなたと読む恋の歌百首』朝日出版社、一九九七年。

作歌主体のいる場所

――近現代短歌の広がり――

今井恵子

はじめに

5・7・5・7・7の拍数による短歌形式での創作および作品鑑賞は、今日なお広範囲の人々によってなされている。短歌定型は万葉集の時代から数えても一三〇〇年以上、ひとびとに受け継がれてきた形式である。しかし、現在の短歌は、同じ短歌定型に依拠してはいるものの、勅撰集などの、いわゆる古典和歌とは異なる作品世界を作り上げている。

明確な革新意識をもって生まれた近代短歌は、「明星」が創刊された一九〇〇年（明治三三）前後におおよその地盤が形づくられたと考えられている。現在わたしたちが見聞する短歌作品は、この近代短歌の流れの中にあり、大雑把にいえば百年間の蓄積の上にたつ。百年を、「まだ」と見るか、「もう」と見るかは論じる立場によってさまざまだが、明治期に始まる日本近代の歴史がそうであったように、短歌史も百年の間にそれ以前とは比較にならないほど目まぐるしく変化した。

その流れを追おうとすると、いくつかの縦糸が思い浮かぶ。リアリティの問題、場の問題、時事性の問題、方法や技法の問題などなど。リアリティの問題はたとえば写生写実や態度の問題を、場の問題は結社論や題詠の問題を、時事の問題は時代性社会性とのかかわりや戦争の問題を、方法や技法の問題では多くの修辞法やその効果を、それぞれ内包しながら論点を発展させてきた。

しかし、そのようにして短歌史の流れをとらえるとき、たいていは時系列の線上に作者と作品を並べたモデルを頭に思い描き、それにそって形態の変化や、意識また内容の違いを列挙してゆくことを常としている。そうした時間の流れにそった論考は、経年変化の像を明らかにするが、論じようとする作品が受けている、時代や作者にともなうイメージの拘束を解きにくい。わたしは作歌の現場にあって、研究者の積み上げた業績をふまえながら、作品それ自体がもっている構図や構造によって作品同士を結びつけるような、もう一つ別の基軸を模索したいと考えてきた。斎藤茂吉の言葉で言うなら「路傍に汗する歩兵の心」から発想した、作品論のありかたを考えたい。

ここでは、その手がかりとして、作者が作歌するときに、作歌主体をどのような位置において歌っているか、ということを、具体的な作品にそってたどりたい。これは、これまでの論でいうところの、作品内における虚構意識の問題、また登場人物の視線の問題、さらに作者としての「われ」と登場人物としての「われ」の問題、というようにいくつかの異なった「われ」の問題として論じられてきたものと重なる。が、ここでは、もうすこしシンプルに、作品と作歌主体がどのような位置関係にあるかという点に着目し、近現代短歌のタイプを考えることによって、近現代短歌の作品の断面を検証してみたい。

考えられるいくつかの問題の中に、「われ」すなわち作歌主体の問題があった。よく引用される一文に、岡井隆の「短歌における〈私性〉というのは、作品の背後に一人の人の——そう、ただ一人だけの人の顔が見えるということです」(「私をめぐる問題」・「短歌」1962・4~6)という私性の定義があるが、一般に、作者のモノローグの形をとって語られる短歌は、一人称の文芸であるとも、「私性」の文学であるともいわれてきた。今日誰もが認めるような、作品の中にあらわれる一人の「われ」に、作品世界のすべてが集約されるという、こうした規定も近現代短歌のなかから生まれたものである。

そのとき、「われ」イコール作者として、しばしば作品内に描かれているコトやモノが事実に即したものだとして鑑賞されがちであるのは、私小説というジャンルを生みだした、日本の文学風土を考えると不思議はないが、近代小説がそれからの脱却を図ろうとしたように、短歌においても、さまざまな試みがなされてきた。それらの試行の意味、また成否は措くとして、近現代短歌史の百年間、歌人たちはつねに何らかの形で、作品内部における「われ」と格闘してきたといえよう。「われ」の問題は、日本語における主語の特性などともからみ、日本文化論や思想の問題へ発展し、多岐にわたる問題を内包させた。

なお、ここで近現代短歌と書いたが、近代と現代の短歌史を論議するとき、先にもふれたように、近代短歌の始発を一九〇〇年前後とすることには異論がないようだが、近代短歌と袂をわかって現代短歌といえるようなものが登場した時点については、いくつかの論説があるものの（篠弘は前衛短歌以後を、菱川善夫は『新風十人』の成立を近代短歌と異なる「現代」の成立とする）、まだ定見がない。また、一九九〇年代までの歌壇では、近代と現代との違いを明らかにしようとする動きが活発で、近代短歌と一線を画した現代短歌を可能たらしめることに歌人たちの意識が集中する傾向があったが、今世紀にはいってからは、インターネット上の短歌が盛んになる反面、近代短歌が読み直され、近代短歌から何を継承するかという論調が強まった。それとともに、現代短歌を近代短歌と峻別しようという意識も淡くなったように見える。そういう経緯をふまえてここでは、一九〇〇年ごろから今日にいたる短歌史のおよそ百年を一続きのものと考え、近現代短歌と呼ぶこととする。

また、文中に短歌作品を引用するときは、作品と作者名を併記するのが通常のことだが、作品中における作歌主体の位置に注意を集中するため、それぞれの作品の作者名は必要に応じて文中に示すほか、末尾にまとめて提示することとする。

一首における主体の位相

たとえば古今集のよみ人しらずの歌、

1．木の間よりもり来る月の影見れば心づくしの秋は来にけり

を鑑賞するとき、わたしたちは「心づくしの秋は来にけり」と詠嘆している作歌主体に気持ちを同化させている。そしてその位置に身を置いたつもりになって「木の間よりもり来る月の影」をしみじみと眺めるのである。一首の作品世界を簡単に図示してみると、図Aのようになる。（以下の図において、●は作歌主体、▒は自他の対立のない客体、■は明確な輪郭をもつ客体を示し、大きさは読後の印象を示している。）図の枠の内側が歌一首の空間である。ほどよく距離をたもって月影を見ている人がいて、鑑賞者はその人になって月影の差し込む空間を味わうのである。

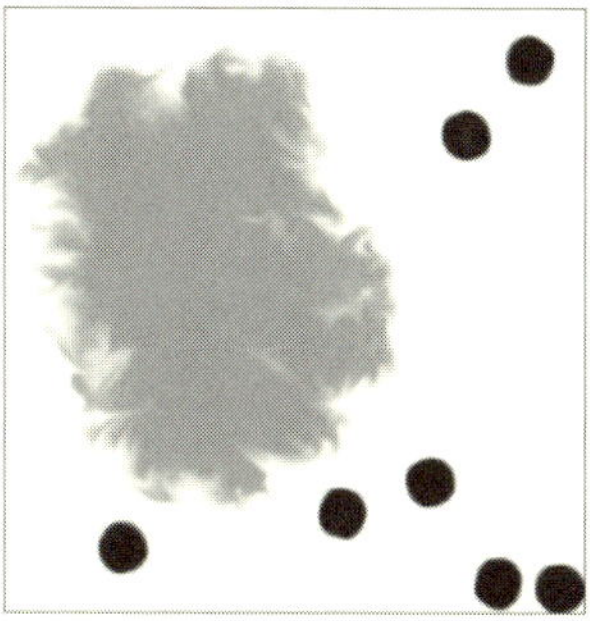

図A＝1

歌の作歌主体は作品の内側に短歌定型とほぼ同じ広さに偏在している。それに読者が同化することで鑑賞が成立する。作品鑑賞を、作者と作品と読者が一体化することと考えると、作品内部には人のいる空間があり時間が流れていなければならない。その空間時間を保証しているのが三十一拍の短歌定型である。1の作歌主体は、近現代の短歌とちがって、確固とした個としての顔をもたず短歌定型の枠に囲まれることによって生じる流動的なものである。読者を作品内にみちびきやすいといえるだろう。

この歌では、上句の自然と下句の感慨が「みれば」という

人の行為によって無理なくつながっているので、鑑賞者は、「木の間より」からすでに、知らず知らずのうちに一首が内包する空間のなかに導き入れられる。読み終わって気がついたときには、読者もすっかりその気になって、鑑賞者として胸のうちに「秋は来にけり」と呟いているというわけである。

このように感情を同化させやすく、一首の空間に人生の時間が溶けあうようにできているがゆえに、この歌は、たとえば『源氏物語』の、「秋になりぬ。人やりならず、心づくしに思しみだる事どもありて」（夕顔）や、「須磨には、いとど心づくしの秋風に」（須磨）のような同じ趣を想起させようとする物語空間のなかへ、巧みに組み込まれてゆくことになったのであろう。

2. 父君よ今朝はいかにと手をつきて問ふ子を見れば死なれざりけり
3. 瓶《かめ》にさす藤の花ぶさみじかければたたみの上にとどかざりけり
4. めん鶏《どり》ら砂あび居《ゐ》たれひつそりと剃刀研人《かみそりとぎ》は過ぎ行きにけり

2〜4は、明治以降の、作者名が明らかな短歌作品である。1と比較するために、結句の詠嘆＝けりへ主情を流しこむという、構図の似ている歌を引用した。

2の「父君よ今朝はいかに」は、父の臥所にやってきた子供の、朝の挨拶の言葉である。また「父君よ今朝はいかにと手をつきて問ふ子」は眼前の景であり、「見れば」という行為によって

「死なれざりけり」という詠嘆にみちびかれる。上句と下句をつなぐ「見れば」によって眼前の景と人の心情をつなぐという点は、1とよく似た歌の構造をもつ歌である。この歌は、子供が父に朝の挨拶をするときの情景として、今はもう想像することさえ困難になってきた、明治期に残る武家の風習や日本家屋の佇まいなどを「手をつきて」によって髣髴とさせる歌であるが、1と比較すると、一首の短歌空間に意味の上の余白がほとんどないことに気づく。その分、作歌主体は大きく感じられ、作歌主体と「手をつきて問ふ子」の距離は接近し定型の枠内いっぱいに大写しで描かれる。そのことによって、先述の岡井隆が「作品の背後に一人の人の—そう、ただ一人だけの人の顔が見えるということです」というときの、ただ一人の顔が見えるのである。

3も「瓶《かめ》にさす藤の花ぶさ」という眼前の景が「たたみの上にとどかざりけり」の詠嘆につながっている歌である。が、つなぐ言葉が「見れば」ではなく「みじかければ」によっている点が、1・2とは異なる。この違いは、単なる意味の違いではない。「みじかければ」が、作者主体から切り離された客観的認識を示していることが、作歌主体と対象との関係や一首の趣を決定づけている。3の中心的心情は、結句「とどかざりけり」の詠嘆にある。が、作歌上の眼目は、発見としての「みじかければ」の認識にあるといっていい。

「みじかければ」が含みもっている、他と比較する事実認識の客観性が、見る主体と見られる客体とのあいだにくっきりとした対立を生んでいることに注目したい。一首において藤の花房が垂れている空間と、それを見る主体のいる空間とは、「とどかざりけり」という隙間への詠嘆によってつながっている。しかし、見るものと見られるものという対立は明確で、両者はどこまでいっても一体化しない。一首の作品内に自と他の区分けが生まれた。それでは読者は、どこに主体を同化するのかというと、作者主体の目である。作者主体の目を通して、短い花房と畳との隙間を発見するのである。それは自他の対立を内包するという点において、1・2で果たされる鑑賞とは異なる。

4で歌われる、3と同じように明確な輪郭をもつ二つの客体、めん鶏と剃刀研人は、両者が関連づけられていない。1の木の間と月影、あるいは3の藤の花と畳と比べてみると、作歌主体と二つの客体が一つの景に統一されることなく、短歌定型の枠内にばらばらに配置されている。散文であれば、接続語を必要とするところである。

4の鑑賞では、1のように読者が作品に一体化するのではないが、しかし3のように作歌主体と客体の対立がきわだたっているのでもない。作歌主体とめん鶏と剃刀研人とが、等分の重量をもって存在している一つの空間があり、それが作品に多面的な奥行きを作っている。客体をとりまく気配をよく伝えている。3は二者間の対話であり、4は、三者の間に立体的な空間が生まれるためである。

2、3、4を1と同じように図示したものが、それぞれ図B、C、Dである。

和歌から短歌へ

「明星」の創刊によって近代短歌がひとつの形となる以前、歌がどのような状況にあったのかは、研究者や専門歌人の論考があるものの一般にはあまり知られていない。近現代短歌史は、「近代」とそれ以前とのあいだを繋ぐイメージを巧く作れずにいるようだ。

一般に、異質なものがぶつかりあう時代には、安定した時代には見られないものが表面に露呈する。たとえば、淡水と海水が混じりあう汽水域に様々な種類の静物が観察されるように。また、多民族国家では多様な新しい文化が生れると言われているように。安定期には当たり前のことと

図B＝2

図C＝3

図D＝4

して意識されない、異質なもの対立するものが、それぞれの輪郭を鮮やかにするからである。そのような境界の特質を考えれば、一九〇〇年（明治三三）前後の歌壇状況はそれと似ていたであろう。伝統を護ろうとする力と新しい息吹を取り込もうとする力とがせめぎあっていた。

明治の和歌は、明治廿七八年前後を以て一変せり。女史（一葉のこと・筆者注）が和歌を詠みそめし明治十七八年頃より、廿七八年以前までの和歌は、忌憚なく言へば、所謂囚はれたる歌なりしなり。歌の世界といふものは、初めより古来の題詠思想にとぢられ居しなり。（佐佐木信綱・『一葉歌集』の序文）

樋口一葉の没後に刊行された『一葉歌集』は、佐佐木信綱によって選歌編集された。これはその序文の一節である。一葉が中島歌子の、旧派和歌の歌塾萩の舎で和歌修行をした、およそ十年間の和歌状況について信綱は「一変せり」といっている。いわゆる旧派の和歌から近代短歌が生まれてくる時期である。

5．そめ出し桜の下葉ふる雨にかつ散る秋に成にける哉

5は雨に濡れる桜紅葉を見ながら秋のおとずれをうたっている。ほんの少し色づいた桜の葉が

雨に色を濃くしていることに気づき、秋の到来を味わっている。藤原敏行の「秋きぬと目にはさやかに見えねども風の音にぞおどろかれぬる」が聴覚に訴える歌であるのに比べると、5は視覚に訴えていることがわかる。その点は対照的であるが、作歌主体が、作品に詠まれている景の内部に臨場していることがわかる。その点では共通している。両者をあわせ読むとき、同質の情趣が流れていると感じられるのは、季節感や着想が近似しているというばかりでなく、読者をその景に導く手法の同質性によるのである。

十四歳で旧派和歌の歌塾、中島歌子の萩の舎に入門した樋口一葉は、一八九一年(明治二四)八月の記録「筆のすさび」に次のように書き記した。

其日雨降ければ新秋雨涼という題成けり　にはの面をみ渡せば桜の葉の色付きてはらはらと散みだるるさまふとめにつきて
　ふる雨に桜の紅葉ぬれながらかつちる色に秋はみえけり
といひ侍りしに師の君の給へり　此眼前之景なるものから猶実にのみよりてはよみ難きものぞかし　打まかせて桜の紅葉といふべき折にはあらずして
　そめ出し桜の下葉ふる雨にかつ散る秋に成にける哉

5はそこに記されている一首。一葉の歌を歌子が添削したものである。一葉の原作「ふる雨に」

と比べると、歌子の和歌観を知ることができる。両者の最も大きな相違は、一葉の「秋は見えけり」を、歌子が「秋になりにける哉」となおしている点にある。「見えけり」の作歌主体が景の外側にたって秋を描くのに対して、「なりにける哉」の作歌主体は、秋の内側にたっている。「見えけり」を「なりにける哉」と添削することで、歌子は、作歌主体としての一葉を、作品の内部に立たせたのである。つまり、見るものと見られるものという、一首の中での対立を解消し一体化させる手法を教えたのだった。因みに、樋口一葉は、同年十月の「蓬生日記」に次のように記している。

朝風のいと寒かるに起出てみれば霜ましろに置けり　初霜にこそなどいふ　八時頃家を出て師の君がり行　暮秋の霜てふ題先出ぬ
　めづらしく朝霜みえて吹風の寒き秋にも成にける哉
実景成りとて十点に成りぬ

「秋にも成りにける哉」に、以前の添削の成果が反映されていることは明白である。萩の舎の「稽古」で十点は満点である。

6．きのふけふ氷とけにし池水に春をうつせる青柳の糸

7．ゆふぐれを籠へ鳥よぶいもうとの爪先ぬらす海棠の雨

6と7を比べてみたい。名詞止めの結句に、四句までが切れ目なくかかる構造の歌である。6は芽吹き始めた柳が映っている池の水の面を見ている。7は籠へ鳥（ここは鶏のこと）を呼び返す妹を見ている。しかし、6・7をはじめて読む読者からすると、7の歌がだんぜん読みやすく強い印象を残すだろう。何故か。6の「青柳の糸」の既成概念的な言い回しが端的に示しているように、ステロタイプ化したものの捉え方が、7には見られないからだ。これは、6の「春をうつせる」と7の「いもうとの爪先」との、違いでもある。6は、伝統的和歌世界を踏襲し、そのなかに身を投じて作家主体の独自性を無化して歌われているが、7は反対に、作者主体の着想へ短歌定型を引き寄せている。短歌定型の枠に作者独自の色を濃く強く塗りこんでいるといえばよいだろうか。その、独自の色とは個性の謂である。作歌主体の位相が、読後の印象を決定しているわけである。

図Ｅ＝7

6の作者は樋口一葉、7は与謝野晶子。一葉は旧派和歌を学びつつ志半ばで病に倒れた。没後五年目の一九〇一年（明治三四）に、晶子の『みだれ髪』が刊行されることを考えると、短歌における急速な自我意識の変化に瞠目せざるをえない。

しかし、7に芽生えたいわゆる近代的自我は、3の歌がもつような、「見るわれ」と「見られる客体」という、自他対立の構図を生んではいない。籠に鳥を呼び戻している妹を囲む情景に、作歌主体が対立するのではなく、柔らかく親密に接しているように感じられる。読後には、「瓶《かめ》にさす藤の花ぶさみじかければ」という認識ではなく、妹を包みこむ心情の膨らみが残る。これを図示したものが図Eである。

叙情性と認識性

安定期には当たり前のこととして意識されない、異質なもの対立するものが、それぞれの輪郭を鮮やかにする、と前に述べた。和歌が短歌に生まれ変わってゆくときに意識された、対立するもの異質なものとは何であったか、整理してみよう。

近代短歌の出発においては、前に引用した佐佐木信綱の一節がいうように「歌の世界といふものは、初めより古来の題詠思想にとぢられ居しなり」と旧派の和歌は考えられた。この「題詠思想」を、①題詠という固定化した語彙と手法の繰り返し、②作者がもつ独自性の抑制、③外部からもたらされる異質性の排除、ととらえるときには、形骸化した「とぢられ居し」保守的思考パターンを下敷きにした作歌の現場がイメージされている。

当時の歌人が背負った課題は、明治の文明開化によってもたらされたさまざまな外部とどのように接し、みずからをどのように変化させるかという問題だった。そのときに、守旧的思考として「題詠思想」は否定されたのである。しかし、7の歌にみるように、かならずしも和歌が培ってきた伝統的な感受性までも否定したのではない。題詠という表層的な手法を否定しながらも、和歌の叙情性を尊重した上で、そこに何を加えてゆくかということに腐心したのである。和歌の叙情性を自我のフレームのなかで蘇生させるために、旧来のステロタイプパターンの反復から抜け出ようとした。

単純化すれば、短歌形式の外部と内部がどのように触れ合ったかということである。「歌よみに与ふる書」を書いて古今集を否定した正岡子規も、「題詠思想」を否定している佐佐木信綱も、何を残し何を加えるかということを考えた。そうして、作歌主体が3のような認識性を求めるか、7のような叙情性を重視するかの二点をめぐって、近現代短歌の大きな流れが形成された。具体的名称をあげるなら、「明星」と「アララギ」である。が、「明星」にも「アララギ」にも、両者の傾向に違和を感じて、そこからそれていった人々がいる。また、「明星」「アララギ」に所属したり人的つながりを持たなくても、3や7と同質の作品をなした人々がいる。個別名称を越える括りが必要なゆえんである。

8．雲よむかし初めてこゝの野に立ちて草刈りし人にかくも照りしか

9．葛の花　踏みしだかれて、色あたらし。この山道を行きし人あり

8の作歌主体は、「こ、の野」に立ち、未開の野に鍬をいれた人の存在を思っている。遠い祖と今ここにいる自己をつなぐ憧憬がこの歌の主題である。アイデンティへの志向ともいえる。

9も「この山道」に立って、先人のあとを辿ろうとしている自己を歌っている。8は時間的に、9は空間的にとらえられているが、ともに名前の知れない遠い常民の、ささやかな無言の営為へのつながりを希求している。

歌の作りでもこの二首の作歌主体は、3のように自と他を対立させるのではなく、むしろ逆に、孤立している自己を他（つまりこの地上の世界）へ関係づけようとしている。

しかし、並べてみるとすぐわかるように、8と9ではまったく異なった印象を残す。8は叙情的であり9は認識的である。8では、作歌主体が一首全体にひろがる広野の広がりを満たしているが、9ではその場に立ちながらも空間との一体感はなく、「色あたらし」「行きし人あり」というように、踏みつけられた葛の花を客体として観察する作歌主体を一首の中に立たせている。それゆえに、9は8よりもずうっと孤立感がつよく、そのぶん悲哀も深く感じられる。

8と9の作歌主体を図示するなら、それぞれ図F、図Gのようになろうか。図Fの作歌主体は明確な輪廓をもたず、作品内に広がり、ともすれば対象と重なり、一体化する。図Fにおける作歌主体と対象は、一首の中で一体とはならない。

図F＝8

図G＝9

創る作者と創られた「われ」

2・3・4や7・8・9では、認識的な歌でも叙情的な歌でも、作歌主体は短歌一首の中に立っていた。作者とよべる主体と作中にいる発話者「われ」がほぼ重なっている。それが、一首のリアリティを支えていた。

10・東海の小島の磯の白砂に
われ泣きぬれて

蟹とたはむる

11・群集のなかに昨日を失いし青年が夜の蟻を見ており

10は、「われ」が客体として歌われている。まるで空から俯瞰したように、「東海の小島の磯の白砂に」と歌われる巨視的視界から、急速に「われ」に下降接近してゆくこの視点は、誰のものなのか。いうまでもなく作歌主体のものである。「われ」が「われ」を見ているのである。

10では、短歌定型の枠の外側にいる作品世界を創る作者が、作品の内部に、泣きぬれて蟹と戯れる「われ」の自画像を描いているのだ。鏡の前に立って鏡の中の虚像を見るのに似て、いわば自作自演をしているのである。

11は、そのような、創る作者と創られた「われ」の役割分担をさらに敷衍した形といえよう。11に登場する青年は、作歌主体に見られている客体でありながら、作歌主体自身であるようにも思える。群集にもまれながらの、昨日という時間の喪失を知っているのは、失った本人以外にはいないはずだからである。青年が第三者だとすると、作者は小説の作中人物のように架空の人物を作り出したのだともいえるが、モノローグ的文体で書かれることの多い短歌作品からすると、異質な感じをもたらす。いずれにしても、11においては創る作者と創られた「青年」とは乖離している。

西洋の言葉は日本語と違う思考から発想される。たとえば必ず主語を必要とするとか、動詞が主語のすぐ後にくるとか。中でも面白いのは、日本語で「彼は悲しそうだ」はおかしくないが「彼は悲しい」というと変に聞こえるのに対して、英語では「He is sad.」ということができるなどの、主体の表現用法が異なっている点である。11を鑑賞しながら、「群集のなかに昨日を失いし青年」が誰かという戸惑いが生じるのはそのためである。

　10と11を図示すると図Hのように、短歌作品の外に一首を統括する作歌主体があらわれる。10の作者は石川啄木、11の作者は寺山修司である。どちらも目の前にあった従来の短歌のあり方に異を唱えて革新を企図した。二人に共通するのは、関心を短歌内部へ求心的に向けるのではなく、外部社会、主として西洋文化から新しいものを摂取することに意欲的でありつづけ、短歌という狭いジャンルに自足しなかったという点である。異文化の言葉を習得するということは、異文化的思考回路を身につけることでもあり、ときにそれが着想の断面に浮上する。10、11ばかりでなく、3、4の歌が、一首のなかに自と他の対立を刻んでいる点にも、異文化からの影響をみることができよう。

図H＝10・11

　今日、10、11のようなタイプの歌を読むと、演劇的に感じられることがある。それが、時代の風として広い範囲の読者に受け入れられるとき、短歌（＝言葉）の新しい局面が見えるのであろう。

外側に立つ作者

10と11は、創る作者は作品の外にいるが、内側にも作者の分身が描かれている。それでは作品のなかに作歌主体がまったく描かれない短歌はあるのだろうか。

12．いづこにも貧しき道がよこたはり神の遊びのごとく白梅
13．革命歌作詞家に凭りかかられてすこしづつ液化してゆくピアノ
14．樹を脱けて杳たる水のゆく秋の鉤《かぎ》なす月はみずからを齧く

一読すると、12の作歌主体は、白梅の咲いている貧しい感じのする道に立っているのだと考えられるだろう。しかしよく読むと、一首のなかに広がる景色は俯瞰的な視野からとらえられていることに気づく。作者は天上の神の視点から地上を見おろしているのである。鑑賞者にそういう感じをもたせるのは「よこたはる」という語の斡旋のためだ。「よこたはる」のかわりに「見えてきて」のような語が選ばれていたなら、一首の作歌主体は地上にいて歌っていることになる。おそらく作者は、地上的な視点に立つことを避けたのであろう。「神の遊びのごとく」という着想を、個人の思いつきや感想としてではなく、画家が絵を描くように、私情から切り離して提示したか

ったのではないか、と思われる。

13は革命歌の作詞を職業とする人、すなわち真の革命家ではない人によって、メロディーを奏でるべきピアノが無化されてしまうという社会批評として読める。比喩を駆使して内容がイメージ化されている。下句の「液化してゆくピアノ」からはダリの「記憶の固執」を連想させ、一首の外にさまざまな連想が広がる歌である。

この歌には作者の思想はあるが、また作詞家やピアノが歌われているが、作歌主体は短歌一首の内部にいない。さらに、自画像のような、作者の自己を投影する対象も不在である。13は読者へのメッセージだけでできている。

14の上句は、1の「木の間よりもり来る月の影見れば」をふと連想させる。その点では古典和歌の雰囲気を湛えているといえる。が、下句の鋭利な形而上的認識「月はみずからを虧く」は、きわめて現代的である。鑑賞者は、古典的な時間空間に身をゆだねながら、何の前触れもなく細い月についての認識に出くわすのである。この14における作者も、創る人として一首の外側に立っている。

図１＝12・13・14

12、13、14の歌に共通して言えるのは、作者が一首の内側で発語していないという点と、モノやコトといった客体が歌われているのではなく、観念や思想に主眼があるという点である。図示すると図Iのようになる。それでは、作者が短歌定型のなかで発語しないことで何が図られているのかといえば、普遍性の付与である。この三首は、作者個人の愚痴や嘆き、また喜びといった実生活上の個人的情緒と断絶している。かわりに、時代・社会・人類に潜む普遍性を形象化しようとする。

まとめ

近現代短歌のシンプルなタイプ区分を考えるために、短歌定型のどこにどのようにして作歌主体が置かれているかを見てきた。図Aから図Iは、一首の構図を比較しやすくするために作った試作図である。

いくつかのタイプに区分けすることで、次のようなランダムに引いた歌の、どれとどれが近く、どれが遠くにあるかを知る手がかりができる。

15. 円形の和紙に貼りつく赤きひれ掬われしのち金魚は濡れる
16. 山に来てほのかにおもふたそがれの街にのこせしわが靴の音
17. さくら花幾春かけて老いゆかん身に水流の音ひびくなり
18. 髪ぬれてわれにつきくる少年は超合金の匂ひしてをり

19・今世紀終末にしてあがめらる自然食品のごとくにおんな

これらをaからhにあてはめてみると、15-I、16-E、17-E、18-C、19-Iとなる。評論や研究論文で15と19が、16と17が同じ土俵にあがることは少ない。こういうことが作品鑑賞の場で縦横無尽に起こっていいはずだ。

作歌の現場に身を置いてみるとすぐにわかることだが、一人の作者が常に同じ傾向で同じ構図の作品をつくり続けるわけではない。作者はいつでも自己を越え変化したいと格闘している。ほとんど作風を変えずに貫く作者のいることは言うまでもないが、古典的でゆるやかな時間空間の広がる歌をなしていた歌人が、通俗で卑近な嘆きを歌うこともあるし、認識によっていた作者が、主情的な傾向に転ずることもある。同時期に双方のものを試みることもあり、作品の傾向と作者は一対一の対応ではない。作品はその時点で評判の高いものがその作者の代表歌として記憶され、他のものはおおむね消えるから、研究対象になるようなよほどの歌人でない限り、一面的な読みをされておわる。それでよいのか、という疑問は、わたしの中で高まってゆくばかりだ。

短歌史においても、時代ごとに主流をなす潮流はあるものの、だからといってどのようなときであっても、その時代が一色に染まってしまうわけではない。時代の底に生き続けた思考パターンや手法方法が、ときに息を吹き返したり思わぬ影響関係を示したりするものだ。

近現代の短歌を語るときのあらたな視点を準備するために、時代区分や作者の属性に縛られず、時代や系列の異なる短歌作品を結びつけたり引き離したりする、作品論のための新しい基軸が必要である。

（注）文中引用の短歌作品の作者名は次の通りである。
1・読みひと知らず、2・落合直文、3・正岡子規、4・斎藤茂吉、5・中島歌子による樋口一葉の添削歌、6・樋口一葉、7・与謝野晶子、8・窪田空穂、9・釈迢空、10・石川啄木、11・寺山修司、12・玉城徹、13・塚本邦雄、14・山中智恵子、15・吉川宏志、16・若山牧水、17・馬場あき子、18・岡井隆、19・阿木津英

競技かるたの世界

――一〇〇分の一秒に輝く――

渡辺令恵《ふみえ》

プロローグ／スピードの女王

忍《しの》ぶれど色《いろ》に出《い》でにけり我《わ》が戀《こひ》は　ものや思《おも》ふと人《ひと》の問《と》ふまで
（平兼盛《たいらのかねもり》）

二〇〇二年一月五日、一勝一敗で迎えたクイーン戦第三試合目、九―一八で試合は大詰めを迎える。三七枚目の出札《でふだ》は敵陣の「すみのえの」。「ＳＵ」音で容赦なく攻め込む。敵陣を抜いたので自陣から一枚札を送ることができる。「流れをつかむにはこの札しかない」とフッとよぎった。直感を信じ「しのぶれど」の札を送る。対戦相手の荒川（旧姓斎藤）裕理《ゆうり》さん（京都府かるた協会）は、考えながら右中段に並べた。私は「ものやおもふとひとのとふまで」と書いてある「しのぶれど」の札を見ながら、並べたその位置を暗記した。すぐにも読み手は「すみのえの」の「下《しも》の

句《く》」を朗々と読み始める。「夢《ゆめ》の通《かよ》ひ路《ぢ》人目《ひとめ》よくらむ」その読みに合わせて札を取る構えをし、同時に次に読まれる「上《かみ》の句《く》」の「発音」に集中する。と、その瞬間、次は「しのぶれど」が出ると空気から感じた。三八枚目が読まれる、読まれた札は「S……」直感が冴えわたり「しのぶれど」を掛け声とともに力いっぱい払った。その速さは、読み手が発声してから１００分の１秒と推測された。斎藤さんはそのスピードに度肝を抜かれたはず。「勝ち」につなげるには集中力と送り札のタイミング、そして直感も必要である。これが私の得意とする「かるた」である。長年の経験から精神力と集中力が最高になると読む前に次の札がわかるときがある。

　たとえ、出る札がわかったとしても、読まれる前に札を払うとフライングになるので、読み手の息の吸い方や唇にあたる摩擦音を聞き分け、飛び出して札を取るという究極の技。自陣の札をゼロにした方が勝ちとなる競技なので、七―一八と私は大きくリードした。「今が流れの最大のチャンス、このチャンスをものにしなければいけない。ましてや隙をあたえてはいけない」そう読んだ私は最終の追い込みの作戦を立てる。敵陣の深いところを右に左に攻め込む。この攻めを「怒涛の攻め」と後にいわれた。

そして、一四枚差で勝利を収め、連続一一期、通算一四回目のクイーンに輝いた。

競技かるたの歴史

来《こ》ぬ人《ひと》を松帆《まつほ》の浦《うら》の夕《ゆふ》なぎに　焼《や》くや藻塩《もしほ》の身《み》もこがれつつ
（権中納言定家《ごんちゅうなごんていか》）

「小倉百人一首」は藤原定家が百首の歌を選び集めたものといわれている。競技かるたの歴史は、明治時代の作家、尾崎紅葉の「金色夜叉」にも当時のかるた取りの模様が描写されているが、東京に初めてかるた会が設立されたのは一八九二（明治二五）年頃であった。東京大学医学部の学生により緑倶楽部と弥生倶楽部が誕生し、源平戦で競技をしていた。

ジャーナリストの黒岩涙香《るいこう》は競技かるたのルールを確立した。一九〇四（明治三七）年には新聞「萬朝報《よろずちょうほう》」にかるた会の案内を掲載し、「第一回競技かるた大会」を東京・日本橋の常盤倶楽部で開催した。この年が競技かるたの誕生の年といわれている。

大正から昭和初期にかけて全国にかるたは広まった。その後、戦争のために一時中断していたかるた会を復興、統一して一九四八（昭和二三）年に全日本かるた協会が設立された。一九九六（平成八）年より社団法人として活動している。

かるたはお正月に取るだけではなく、年間六〇回ほどの大会が全国各地で一年中開催されている。私の地元、横浜でも横浜隼《はやぶさ》会主管のかるた大会が毎年一月に行われている。ほとんどの大会は年齢を問わず男女混合で行う。大会では実力でA～E級とクラス分けをされており、上級～初級者にあたる。その他に六〇歳以上のシニア大会、全国学生選手権大会、女流選手権大会など参加資格を区切った大会や、三人や五人でチームを組んで対戦する団体戦などもある。最近では全国高等学校総合文化祭や、ねんりんぴっく、国民文化祭でも「かるた」が団体戦で行われており、私は、神奈川県代表チームの主将を務めている。

A級の選手が出場する大会のなかでも、名人・クイーン決定戦、全日本選手権大会、全国選抜選手権大会を三大タイトル戦という。今では、タイトルを三つとも制覇できたことをうれしく思う。また、全日本かるた協会の事業は大会の開催だけでなく、段位の認定、かるたに関する調査研究や百人一首に関する講演会、講習会、広報活動なども行っている。

競技かるたの魅力

吹《ふ》くからに秋《あき》の草木《くさき》のしをるれば　むべ山風《やまかぜ》をあらしといふらむ　（文屋康秀《ふんやのやすひで》）

競技かるたは一瞬の判断力が必要なスピード感あふれる競技である。小さい子供からお年寄りまで全国各地で競技に親しんでいる。競技かるたは一人対一人で対戦し、お互いに一〇〇枚の札を裏向きで無作為に二五枚ずつ選び残りの五〇枚は使用しない。自分の持ち札二五枚を八七センチ以内の幅で上段・中段・下段の三段に自由に並べることができ、この並べ方を「定位置《ていいち》」という。一〇〇枚の定位置は初級者でも、ほぼ決まっている。並べ終わると一五分間の暗記時間に入る。読み手は百首を無作為に読むので場にない札は空札《からふだ》となる。この空札があることで、競技かるたが一層おもしろくなる。

「難波津《なにはづ》に咲くやこの花冬ごもり　今をはるべと咲くやこの花」序歌が読まれてから第一首目に入る。百人一首には入っていない歌で当時、皆によく知られている歌を序歌としたらしい。札を取る構え方は、正座を少し崩した姿勢から、両膝に体重を乗せ、グッと前に乗り出して獲物を捕らえるような姿勢で札を払う。「下の句」から「上の句」にかわる空白の一秒が緊張する瞬間である。読み手が朗々と読み上げる歌にあわせて勢い良く札を払う迫力、「静の世界」から「動の世界」へ変わる緊張感。競技かるたの醍醐味は奥の深いものである。強くなるには、歌を構成する一つ一つの音をしっかりと聞き分け、その瞬間に暗記している札のある場所に素早く手を出せることが大切である。上級者になるにつれて素振りをするなど、さまざまな練習に励んでいる。

その昔は序歌は何でもよかったと聞いた。「からからと空《から》を一枚よむからに　いそがずせかずあざやかに取れ」と祖母が序歌を読んでくれた。この呪文のような歌を聞くと調子が上がる。また、祖母は「ふくからに」の作者文屋康秀のことを「きれいな人だ、いい男だね」と言っていた。今でいう「イケメン」なのか。まるで会ったことがあるような話しっぷりだったので、子供の頃は、祖母の知り合いだと思っていた。

札を速く取るには「決《き》まり字《じ》」がある。初心者が最初に覚えるには「む・す・め・ふ・さ・ほ・せ」がいいであろう。これを「一字決まり」という。「む」から始まる歌は「むらさめの」一枚しかないからである。では、二字決まりはどうか。「う・つ・し・も・ゆ」から始まる歌はそれぞれ二枚あり、「うかりける」と「うらみわび」。（う　か）（う　ら）と二字目まで聞かないと判断ができない。どちらか片方が出ると残りの一枚は一字目の（う）で取れることになり決まり字が変化していく。以下二枚札は次の通り。（つ　き）（つ　く）、（し　ら）（し　の）、（も　も）（も　ろ）、（ゆ　ら）（ゆ　ふ）となる。空札（場にない札）、出札（読まれた札）をすべて記憶していなくてはならない。難しいと思われがちであるが、訓練すると誰でもできるようになるであろう。

競技かるたは予想以上に体力、反射神経、瞬発力などが必要である。勝負が長引くと一時間半はかかる。クイーン戦では三試合、つまり四時間以上に及ぶこともある。また、全国大会を勝ち抜くには七試合をこなさないと優勝できない。集中力を維持するのがとても大変である。その他にも、記憶力、更にプレッシャーに負けない精神力なども必要である。まさに「心・技・体」が備わっていないと勝てないのが競技かるたである。

私とかるたの出会い

久方《ひさかた》の光《ひかり》のどけき春《はる》の日《ひ》に　しづごころなく花《はな》の散《ち》るらむ　（紀友則《きのとものり》）

時は一九三〇（昭和五）年、祖父「徳次郎」と祖母「い《い》祢《ね》」が出会った。「金色夜叉」の影響でかるたがとても盛んだったそうである。祖父母が勤めていた役所でも休み時間になるとゴザを敷いて百人一首の源平戦をしていた。ある日、役所の中でかるたの強い人ばかりが集まって試合をした。そのときに、徳次郎とい祢は勝負をしたそうである。二人とも好きな札は「久方の光のどけき春の日に　しづごころなく花の散るらむ」だった。お互いに「ひさかた」だけは絶対に取られないと思い「ひさかたの……」と読まれたとき、徳次郎が気合の入った取り方で「ババーン」と取り、札は勢いよく飛んでいった。い祢はくやしくて、徳次郎の手を思いっきり「パン、パン、ピシャッ」と三回ひっぱたいたそうである。それから二人は仲良くなり、かるたが縁で結ばれた。

そんな昔話を小さい頃から聞いていたので、私はかるたにとても興味を持った。

祖父母は明治生まれであり、ゑ祢は、神田鍛冶町に住むチャキチャキの江戸っ子であった。幼い頃に起きた関東大震災で逃げたこともよく話してくれた。少しだけその話に触れてみたい。ゑ祢は「おはじき」遊びをしようとしていた。そのとき地震が起きた。「おはじき」をポケットに入れて逃げ、神田駅の地下道（駅の下のトンネル）が安全とのことで大勢の人たちが避難していた。妹弟五人で地下道に避難をしたが、はぐれてしまった両親を連れてこようと思い、ゑ祢は地下道を出て探しに行った。しかし、どうしても両親が見つからない。あきらめて地下道に戻ると、すでに人がいっぱいで中に入れてもらえなかった。「妹、弟が中にいるので入れてほしい！」とゑ祢は叫んだが断られた。そこで「中に入れないのなら、妹と弟をそこから出しください」とお願いした。なんとか地下道から出してもらえることになったが、周りは火の海で逃場がとうとうなくなった。困ったゑ祢は子供心で素早く考え、「鉄道線路の上だ！」と思い、電車は燃えていたがその横を妹、弟の手をつなぎ東京方面へ走り抜けた。東京駅で大きな「銀杏の木」の下に「おはじき」を埋めた。その後、両親も無事で再会できたが地下道に避難していた大勢の人たちは全員亡くなってしまったそうである。壁には亡くなってしまった人の姿が映っていて幽霊のようだった……と話してくれた。祖母がいなければ今の私は存在しない。そう考えると泣ける……。両親、妹弟を大切に思う気持ちと、勇気がゑ祢を救った。天性の「直感力」は、祖母ゆずりなのかもしれない。月日が流れ、二〇年後に「銀杏の木」の下の「おはじき」を探してみたが見つからなかったそうである。いつか私が探してみたいなと思った。

夢はクイーンになること

陸奥《みちのく》のしのぶもぢずり誰故《たれゆゑ》に　みだれ初《そ》めにし我《われ》ならなくに

（河原左大臣《かわらのさだいじん》）

祖父母の影響でかるたに興味を持った私は、小学校五年生一〇歳の時に父の勧めでかるたを始めた。母と弟も一緒に札を覚えるところから始めた。私のいちばん好きな歌は「陸奥のしのぶもぢずり誰故に　みだれ初めにし我ならなくに」である。子供の私にはキラキラと輝いて見える札であった。父は無類のかるた好きで、かるたの取り方や秘伝は父に教わった。祖父母が交代で読みをして家族皆でかるたを楽しむ一家であった。本格的にかるたをするのなら、クラブに所属した方がいいという父の意見で、家族皆で横浜隼会に入会した。隼会の丸山準三先生は私のことをとてもかわいがってくださり、一〇歳のときに全国初心者大会で優勝することができた。丸山先生は「令恵《ふみえ》は将来のクイーンだ、クイーンになれよ」と励ましてくださった。このときから私の夢はかるたクイーンになること」となった。

中学生になると、父は「かるた部を作りなさい」と言うので、私の通っている万騎ヶ原《まきがはら》中学校でかるた部を結成した。顧問を引き受けてくださったのは、保健衛生の堀場弘子先生だった。私は初代部長を務め、保健室に畳を持ち込んで「バターン、バターン」と練習をして畳をたたき、ほこりをまいあがらせて先生を困らせたこともあったが、今となっては懐かしい思い出である。かるた部の後輩が続くことは、その後の私にとってプラスになり苦労してかるた部を作ってよかったと思った。お陰で私のかるたの腕も上がり、中学三年生でA級選手になることができた。

背の高い私はスポーツが大好きだったこともあり、高校ではバスケットボール部に入部した。毎朝五キロ走ったことや、鍛えた体力や精神力は、その後の私のかるたに活かされたのだと思う。どんなにバスケットの練習で疲れていても、家に帰ると両親がかるたを並べて待っていた。すぐにかるたを一本取らないと食事をさせてもらえなかった。畳の上に「ポタッ」と涙を落として泣きながらかるたを取っていると、「何だ、その取り方は」と父の手が飛んできて怒られたこともあった。練習が辛くて逃げたくなったときも父は「一度始めたらやめるな」と言い、最後までやり抜くことを学んだ。

そんな高校時代にうれしいことが起きた。お正月にNHKテレビで放送される当時のクイーン久保（旧姓堀沢）久美子さん（山口県かるた協会）の模範試合の対戦者に抜擢された。称は大喜びで「成人式にはまだ早いけれど……」と言いながらも振袖を買ってくれた。薄紫色の波の中を泳ぐおしどりの柄の着物で、大柄の私によく似合った。あこがれの堀沢クイーンと対戦でき、ドキドキしながらハンカチにサインをもらった。

相模女子大学に進学し、本格的にかるたに取り組む事となる。横浜隼会や自宅での練習の他に、他大学に出稽古に通った。中でも「早稲田大学かるた会」での練習はとても刺激になった。当時、早稲田大学には名人・クイーンを目指す学生たちがたくさん集まっていた。互いに切磋琢磨しながら練習をした学生の仲間たち、私の青春の思い出である。その成果もあり、全国学生選手権大会で四回連続優勝を成し遂げ、全日本学生チャンピオンになることができた。それからクイーン候補として名乗りを上げたが、どうしてもクイーン予選で勝ち抜けなかった。「勝てる」と皆に言われて、精神的なプレッシャーに負けてしまった。悔しくてどんなに泣いたかわからない。父も大変落ち込んでいた。予選で負けた帰りのことであるが、父が運転する車の中で試合について負けた言い訳を「ブツブツ」と言っていると……父は運転しながら「今すぐ降りなさい」と言った。「え? 今、首都高速でしょ……」と私は言った。しかし父は怒っていて降ろされそうになった。それからは、負け惜しみや言い訳することは、いちばんいけないと体で覚えた気がする。

かるたを取るスピードだけを比較すれば、現在よりも学生の時のほうが速かったように思う。にもかかわらず学生のときは大切な試合で勝つことができなかった。なぜ勝てなかったかというと、かるたは精神的な要素が非常に大切で気持ちの持ち方にとても左右されるからである。試合中のちょっとしたお手付きやミスによって集中力が欠けてしまい、自分のかるたが取れなくなってしまうのである。ただ、それだけでなくて、私の中で予選がすごく重かった。大学四年、学生最後の予選も負けてしまい「クイーンになれないのなら、後輩の指導をしなさい」と父は言った。いつも厳しい父に、私は悲しくなり家を飛び出した。隼会でお世話になっている谷口洋子さん

（横浜隼会）の家に行くと黙って話を聞いてくれた。谷口さんは主婦で小学生の女の子が二人いらして、いっしょにかるたを取った。小学生は無邪気でとてもかわいかった。私はいつの間にか、予選に勝つ事だけに執着していた。かるた本来の楽しさや笑顔を忘れていることに気が付いたのだった。

クイーン戦

秋《あき》の田《た》のかりほの庵《いほ》のとまをあらみ　わが衣手《ころもで》は露《つゆ》にぬれつつ
（天智天皇《てんじてんのう》）

競技かるたの最高峰を決めるのが「名人・クイーン決定戦」である。女性の最高峰をクイーンと言う。毎年一月に滋賀県大津市の近江神宮で開催されるが、一九九〇（平成二）年からその模様をＮＨＫ衛星放送で生中継している。近江神宮は小倉百人一首の第一番目の歌「秋の田のかりほの庵のとまをあらみ　わが衣手は露にぬれつつ」の作者である天智天皇のゆかりの場所である。クイーン戦の出場資格は四段以上のＡ級選手で一〇月に予選を行う。同時開催で東日本予選（東京会場）、西日本予選（滋賀県会場）に分かれ、トーナメント戦で代表（優勝）者を決定する。一一月に挑戦者決定戦が開催され東西対決を行い、先に二勝した方が挑戦者となりクイーンに挑戦できるのである。

私にチャンスが訪れたのは、神奈川トヨタ自動車株式会社に就職して半年後のことである。当時、クイーンの北野律子さん(九州かるた協会)の突然の辞退、この知らせに驚くばかりだった。他の選手の気持ちも同様だったに違いない。このチャンスに代表者になろうという意気込みも生まれた。中学三年からクイーン予選に出場し今回で九回目の挑戦である。社会人になった私は、仕事とかるたを両立できる環境で、一試合一試合を大切に取ろうと心がけ精神的にも成長できた。予選当日の朝、素振りの練習をした。父は「もっと速く下段を払え」とアドバイスし、和室は飛び散ったかるたの札でいっぱいになり、弟が札を拾っては片付けてくれた。試合は順当に勝ち上がり東日本予選の決勝戦まで勝ち残った。決勝戦の相手は元クイーンの金山真樹子さん(東京吉野会)でした。朝の特訓を思い出し念願の東日本代表となることができた。一方、西日本予選は福井県の山崎みゆきさん(福井渚会)が勝ち上がってきた。現クイーンの北野さんが、クイーン戦を辞退されたので、繰り上がって東西の代表で対決しクイーン位を決定することになったのである。

クイーン戦前日は両親と琵琶湖の湖畔に泊まり「練習のときのようにかるたを取るね」と父と母に言った。遠くの山に積もった雪景色を見ながらゆっくり過ごした。クイーン戦当日、母に着付けを手伝ってもらっていると、部屋の隅で山崎さんは一人で着付けをされていた。母は「開会式もあるし、足袋は履くのかしら」と言った。私は、かるたを取る時、足の指先まで音を感じたいので、いつも裸足で臨む。「山崎さんに聞いてきなさいよ」と母が言うので、「山崎さん、足袋は履きますか」と聞いた。そのとき山崎さんは何も答えてくれなかった。「あっ、もう試合は始まっている……」と感じた。母は、「とりあえず、今は足袋を履いて試合ではピシャッと取りなさい」と言いながら帯をキュッと締めた。

先に二勝した方が勝ちとなるクイーン戦、ストレートの二連勝で私が勝ち、はじめてクイーンになることができた。クイーン位獲得後に新聞記者の方が押し寄せてきて写真を撮られた。「今の気持ちを……」と聞かれたので、「手がとても冷たかったけど、勝ててうれしいです」と答えた。今でこそ、近江勧学館が建てられ設備が整っているが、当時の近江神宮はすこぶる冷え込んで手が凍った。記者をかきわけ会場の外に出て深呼吸をしていると、そこにはニュースキャスターで有名な筑紫哲也さんがいらっしゃった。「おめでとう。記事に載せたいのでインタビューしてもいいかな?」とおっしゃった。私は「おじさん、誰?」と言った。「おじさんはね、テレビに出たこともあるし、ちょっと有名なんだよ」と言われた。「試合が終わったばかりで何も食べてないからお腹すいちゃった、ハンバーガーが食べたい」と言った。筑紫さんは「友達みんな連れておいで、奢ってあげよう」と言った。「うれしい!」と、当時二三歳の私はまだまだ無邪気だった。その記事は「朝日新聞マリオン」の「筑紫哲也の気になる　なんばあわん」に大きくとりあげられた。それがはじめてクイーンになったときのいちばんの思い出である。

防衛戦

花《はな》の色《いろ》は移《うつ》りにけりな徒《いたづら》に　我《わ》が身世《みよ》にふるながめせしまに（小野小町《おののこまち》）

クイーンになって両親、祖父母、弟、先生方皆とても喜んでくれた。しかし、練習を見てもらっていた正木《まさき》一郎永世名人は「防衛してこそ本当のクイーンだ」と言われた。夢をつかんでもまた厳しい練習の日々は続いた。初めての防衛戦は桜の花が咲き春を感じる四月、近江神宮で行われた。天皇崩御の為、三ヶ月間の延期となった今回のクイーン戦。祖母が買ってくれた桜色の着物に紫の袴。腰まであるサラサラの長い髪をひとつに結わき、母が手作りした着物と同じ生地のリボンで結んだ。対する挑戦者の川中裕三子さん（東大阪かるた会）は橙色の着物に翠の袴といかにも現代的。クルクルの癖毛、長い髪を三つ編みに束ねていた。彩り華やかな雰囲気の中、平成初のクイーン戦の幕が切って落された。一回戦、「ちぎりをきし」、「なげきつつ」と川中さんに二枚守られてのスタート。私は自陣の「なげけとて」に反応した。札の感じは悪くない。私も負けてはいない「つくばねの」を攻めて「あはじしま」を守った。そして中盤、「よもすがら」は直感が冴え、圧倒的な速さで取る。これがきっかけとなり集中力が増す。川中陣を縦横無尽に攻め続け五―一六とリードした。「かささぎの」を敵陣左にピシャリときめて一―一五。最後に「よのな

かは」をしっかり攻め取り一三枚差で試合終了。私はクイーン防衛に大きく前進した。

第二回戦はこのまま一気に調子に乗っていきたい。淡々とした試合展開の中で川中さんのミスが目立った。「あさぼらけあ」のダブ（ダブルお手付き）、「やまざとはで」の払い残し。このミスから除々に川中さんを引き離しにかかる。一四―一七。あっという間に私は一〇連取し四―一七。最後に「はなのいろは」を豪快に抜いてゲームセット。クイーン位二連覇を果たした。

祖父はよくかるたの練習を見ていたが昨年一二月に病気で入院した。戦争の話もしてくれた。その話に触れたい。戦争中、〓祢と「雅大《まさひろ》（私の父）」は山梨県の大月に疎開した。祖父「徳次郎《とくじろう》」は会社に勤めていたが、社長と喧嘩になり「こんな会社やっていられるか！」と言って、約束の日より一日早く疎開先の大月へ到着することになった。大月で待っていた〓祢はとても驚いたらしい。次の日、予定通りに（乗車予定だった）大月へ向かう汽車は機銃掃射に遭い、乗客は皆死んでしまったと話してくれた。祖父は気性がはげしいが運がいい。その後、社長とも仲直りし、会社に戻ることになる。私はどんなことがあっても前に進み生きること、運は自分で切り開いていこうと強く思った。

「クイーン防衛したよ」といちばんに知らせたら、手を上げて喜んで涙をいっぱいためて手を握った。私は祖父からたくさんの愛情をもらって育った。小さい時は、かるたと習っていたピアノが上手になるようにと、指を揉んでおまじないをかけてくれた。

混戦

世《よ》の中《なか》よ道《みち》こそなけれ思《おも》い入《い》る　山《やま》の奥《おく》にも鹿《しか》ぞ鳴《な》くなる　（皇太后宮大夫俊成《こうたいごうぐうのだいぶしゅんぜい》）

秋になると、[illegible]祢と母と私で選んだ新しい着物が届いた。ローズピンクの着物で松に菊の柄。挑戦者は（足袋の……）山崎みゆきさんに決まった。クイーン戦は小雪の舞う一月、厳しい冷え込みの中近江神宮で行われた。この日の天気とは対照的に、寒さを忘れさせる熱戦となった。クイーン戦は一勝一敗となり、第三回戦へともつれ込んだ。終盤で私は一―五と王手をかける。一枚残った札は「つきみれば」。しかしこの「つきみれば」を山崎さんに攻め取られたが私も札に触っていた。（もしかするとセームだったかもしれない……）少し動揺して一―四となる。ここで山崎さ

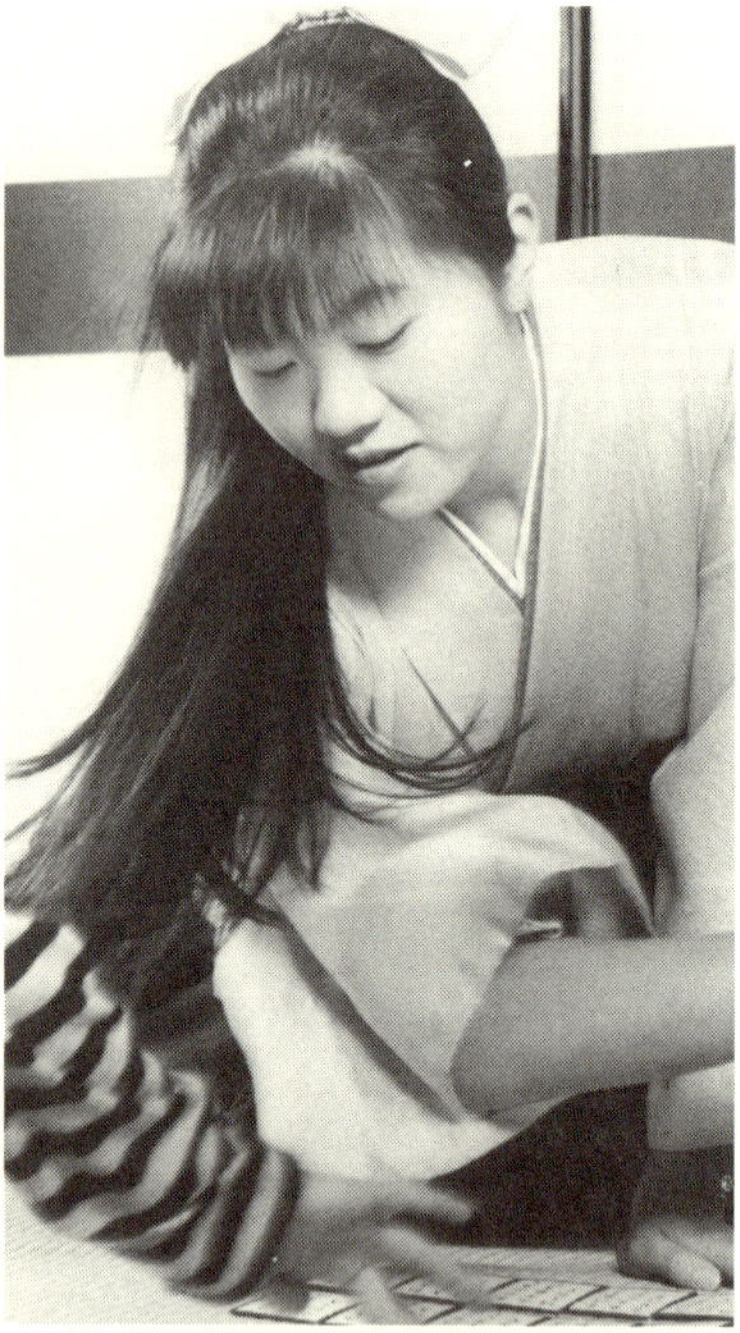

んが送ってきた札は一字決まりになった「きみがためを」。私は右下段に置いた。（あと一枚だったのに。「つきみれば」のことが頭からはなれない）もやもや考えて、集中力が切れかかっていた。私の精神状態を読んだかのように山崎さんは札の移動作戦に出た。自陣の持ち札「ながらへば」を下段に下げ、「きみがためを」がもとあった位置に置く。次に出た札は「きみがためを」。私はおもおわず「きみがためを」が元々置かれていた山崎さんの陣地の「ながらへば」を払ってしまう。山崎さんに「きみがためを」を攻め取られダブ。（ダブルお手つき）集中力が切れた。場内は騒然とした空気に包まれる。「ダブっちゃった、どうしよう、お父さん助けて……」と傍で応援している父の顔をチラっと見た。目が合う……。父はなぜか、この土壇場で大変なときにニコニコと笑顔であった。私はほっとして一瞬のうちに立ち直った。山崎さんは「ちょっとお待ちください」と言い読みを止め、送り札を考えた末、「かくとだに」と「ながらへば」の二枚を送ってきた。二―二で試合はまったくわからな

くなった。ましてや三回戦、この四枚の出札のどれかにクイーン位の行方がかかっている。山崎さんの陣地には「よのなかよ」と「みよしのの」を残している。周囲が息を呑んで見守る中、読まれた札は「よのなかよ……」、私は山崎さんの左下段に手を伸ばす。山崎さんは私の右下段に手が伸びてきた。出札が並んでいるのは一体どちらの陣か……？　近江神宮に集まった観衆も固唾をのんで見守っていた。出札が並んでいるのは山崎陣、私は出札「よのなかよ」を押さえる！山崎さんは私の陣の「ながらへば」をまちがえて払った後「よのなかよ」に戻ってきた。
私は「勝った！」と飛び上がるほどうれしかった。

負けてわかったクイーンの重み

有明《ありあけ》のつれなく見《み》えし別《わか》れより　暁《あかつき》ばかり憂《う》きものはなし
（壬生忠岑《みぶのただみね》）

クイーンを三連覇した私は華やかな環境であった。お祝いの電報や花束がたくさん届き、どこへ行っても「クイーン」ともてはやされ人気者であった。クイーン三連覇したのだから少しは休暇があってもいいのでは？と思うようになった。しかし、父の管理のもと年間の練習スケジュールで埋め尽くされていた。練習に身が入らない日もあり、父は「やる気があるのか、顔を洗ってきなさい」と怒鳴られたり地獄の日々が続いたのだった。夢にまでみたクイーン位……。さぞかしクイーンになったら幸せと思っていたのに、クイーンになって防衛する方がはるかに大変だということがわかった。

悩んでいるのも束の間、クイーン戦の挑戦者は昨年同様、山崎みゆきさんが勝ち上がってきた。「また、みゆきさん……」と正直思ってしまった。クイーンになりたいと思う一心で予選を勝ち上がってくるのはさすがだと思う。「先手必勝」といわれるクイーン戦、第一試合目を八枚差で山崎さんに取られた。自分のペースがつかめなかった。「いや、強くなっているのだ!」第二回戦、私は迷いが目立った……、山崎さんは両陣を堅実に取り、そして終盤二―二にもつれ込んだ。昨年の二―二の攻防を思い起こさせた。「また二―二やだな……」とそのとき思った。その瞬間に下段を抜かれ二―一。そして九四枚目「ありあけの」。私の右下段を抜かれ負けた……。「ありあけの」札がヒラヒラと飛んでいく……そのことは今でも目に焼き付いている。山崎さんはうれしそうに花束をもらっていた。悔しいのになぜか涙が出てこなかった。クイーン控え室はとても静かだった、いつも賑やかなのに気をつかってか誰も声をかけようとしない。

場内では同時に名人戦も行われているので閉会式では名人、準名人、クイーン、準クイーンが一列に並び正座で座る。名人位を防衛された種村貴史さん(慶応大学かるた会)は山崎さんと互いに健闘を讃えあっていた。その声が聞こえてきたときに「クイーンではなくなったんだ……」と身にしみた。

横浜へ戻ってから長い髪をバッサリと切ることにした。父とも話し合い、かるたを辞めることにした。「お前の好きにしなさい」と父は言った。この日から半年間、札に触ることなく、普通の女性（ＯＬ）としての生活ができるようになった。何がいちばんうれしかったかというと、かるたの練習をしなくていい事であった。会社の同僚と映画を見たり、おいしいものを食べに行ったりと普通の生活をした。最初は楽しかったが、段々と時間が余ってしまい何をしていいのかわからなくなってきた。「クイーン」から「ただの人」になってしまったような感じであった。それからは何をしていても「今頃はかるたの練習をしている時間だな……」、「今日の大会は誰が優勝したのだろう……」など気になるようになっていた。私は祖母に、「おばあちゃん、かるたをしてないとなんか寂しいね」と言った。

隼会の先輩は「勝負は勝つ事もあれば、負ける事もある」と励ましてくれた。私は「クイーン、クイーン」と言われ有頂天になって、感謝の気持ちを忘れていたのかもしれない。忙しい中、時間を作って練習してくれた仲間たち、練習会場を手配してくれた父、年末年始の忙しい時に練習につきあってくれた母、滋賀県まで応援に駆けつけてくれた弟や友達。いつも影で支えてくれる祖母。負けて始めて皆の暖かさに気が付いた。「一人でクイーンになったのではない、もう一度かるたが取りたい」と札を握りしめた。私は「もう一度クイーンを目指してみよう！クイーンになりたい」と立ち上がったのである。

クイーン位奪還

天《あま》つ風雲《かぜくも》のかよひぢ吹《ふ》きぢよ　をとめの姿《すがた》しばし留《とど》めむ
（僧正遍昭《そうじょうへんじょう》）

半年分の練習を取り戻すため、現役の学生トップ選手を自宅に招き、夜遅くまで練習をした。手料理でもてなす母、練習が終ると学生を送る父。家族の協力もあり、私はかるたに打ち込むことができた。私のいちばんの練習相手は横浜隼会の後輩、奥村（旧姓永井）愉華《ゆか》さんであった。「いっしょにクイーン戦頑張ろう」と約束を交わし練習を重ねた。予選から這い上がらないといけない。私にとって新しい出発点であり、自分の実力を試す場でもあった。

予選の出場者は時代とともに変わり、新A級選手も大勢参加していた。予選会場に着くと「クイーン戦で負けた人だ……」と皆が思っているように感じた。「思い込みはいけない、初心に戻って頑張ろう。クイーンだったことは今となっては過去の事、皆同じスタートラインに立っているのだから」と気を引き締めた。冷静にかるたを取ることを心掛けた。熱戦が続く中、後輩の永井愉華さんも準決勝まで残った。愉華さんが伏兵として活躍してくれたことが何より私を勝利へと導いたのである。挑戦者決定戦は平成元年のクイーン戦で戦った川中裕三子さんであった。私の目標として思い切りの良いかるたを取る事とし、ベストを尽くした。

晴れて挑戦者となった私は、同じ関東近辺ということもあり種村名人に練習をお願いした。種村名人との練習は自信につながり、誰にも負けないような気がしてきた。父は「どっちが取ったかわからない取りをするようなら、誰にも文句をいわれないくらいのスピードを養え」と言う。それからは、手首に重りをつけて素振りの練習を欠かさずするようにした。師匠の正木永世名人は「かるたは負けん気だ」と言われた。「挑戦者は失うものがない、もう一度クイーンに！」と気合をいれた。

クイーン戦は、ＮＨＫ衛星放送の生中継があり、ライトや大型かるた配置板といった観客および視聴者も意識した設営がなされており、昨年までとは異なった雰囲気であった。そのライトが私を照らす……一〇〇枚の札を無作為に選び自陣に並べるとき、私の好きな「あ」札が多く（あきのたの）（あきかぜに）（あまつかぜ）（あまのはら）（あはじしま）（あはれとも）と友札《ともふだ》（同じ音の札）が多くきたので、クイーン戦の大舞台なのに、うれしくなってきた。「取りたい、この試合、好きな札がたくさんある、この札ならいけるかも」と思った。私は大差で二連勝しクイーン位を奪還した。ＮＨＫのインタビューでは、うれしさで声にならなかった。感極まり頬に一筋の涙がこぼれた。今のポジションを大切にしていきたいと心に誓う。

永世クイーン

廻《めぐ》り逢《あ》ひて見《み》しやそれともわかぬまに　雲《くも》がくれにし夜半《やは》の月《つき》かな　（紫式部《むらさきしきぶ》）

前年、クイーンに返り咲いた私は今年防衛すると通算五期目のクイーン位獲得となるので、永世クイーンの資格が付与されることになる。小さい頃からあこがれの久保（旧姓堀沢）久美子永世クイーン（山口県かるた協会）以来、二人目の永世クイーンとなれるかどうか。久保永世クイーンにおいつきたいと思った。出札の運にも恵まれ二連勝しクイーン位を防衛した。私は通算五回のクイーン位を獲得し、永世クイーン位という名誉な称号を審査の結果付与されることが決まった。

その後のクイーン戦では生中継にあわせて試合間に一時間近く休憩が入る試合もあった。休み時間にジャージに着替えると汗でビッショリの着物を母は乾かしていた。応援に来てくれた友達が「散歩に行こうよ」と言うので境内を散歩した。外の空気は気分転換になり冷たい風が気持ちよかった。友達は「試合が終わったらスキーに行きたいね！」と明るく話す。私はおもわず笑った。さっきまで真剣勝負をしていた私にとって、この休憩はとても楽しかった。「私にしかできないかるたを取ろう」と自分に言い聞かせ、友達に救われたこともなつかしく思う。毎年、新たな挑戦者と戦い続ける道を選び、それが「私の進む道」と思うようになったのも、目標とされるクイーンとして、自らかるたと真剣に向きあうようになったからである。私がこうしてクイーンになれた蔭には、父の存在が大きいと思う。技術的にも精神的にも私の支えになっていた。また、奪還してからファンが増えたことも心強かった。中でも横浜の高部夫妻は京都へ旅行中クイーン戦を見学にこられ、試合後いっしょに写真を撮った。そのあくる日、京都駅の新幹線ホームで偶然にもばったりお会いし、その縁で私のファンになってくださり、毎年応援にかけつけてくださるようになった。かるたのお陰でいろいろな方と出会い、今の自分があるように思う。思い描いたとおりの試合ができるように、永世クイーンとして大きく成長していきたいと思ったのだった。

同門対決

人《ひと》はいさ心《こころ》もしらずふるさとは　花《はな》ぞ昔《むかし》の香《か》ににほひける
（紀貫之《きのつらゆき》）

一九九六（平成八）年一月、万騎ヶ原中学校かるた部の後輩である、矢野（旧姓中村）恭子さん（横浜隼会）がクイーン戦の挑戦者となった。後輩であり、同会でもあり、私の練習パートナーであった。クイーン戦当日にいっしょに正式参拝ができたことは忘れられない思い出となった。ベストパートナーを挑戦者として迎え撃たなくてはいけないことが精神的に辛かった。一方、後輩が成長したことをうれしく思った。中村恭子さんに愛情をもって接するには一枚たりとも無駄にしないという気迫。隙をみせず甘さを許さず、「ここまできなさい、恭子」と心の中で叫ぶ試合であった。ニュースでハマっ子対決だったことを知った横浜市長も大変喜んでくださり、日本文化とかかわりの深い百人一首のすばらしさを子供たちに伝えてくださいとおっしゃられた。

一九九七（平成九）年一月、私は九回目クイーン獲得の新記録を達成した。最近はサインを頼まれることが多くなり、最高に強いピーク時といえるであろう。全国各地の遠征試合に積極的に出場し試合をするのがとても楽しかった。四月、広島大会、全国さがみ野大会で優勝。五月、小倉忌全国大会優勝。八月、全国益田大会優勝。一〇月、吉野会全国大会、八王子全国大会と望月名人を破っての優勝。一一月、全国女流大会で優勝し向かうところ敵無しといわれた。男女混合の全国大会も勝ち、クイーン位を独走している私がそこにいた。

かるたのボランティア活動にも積極的に取り組んだ一年でもあった。親善大使としてフィラデルフィアに渡米し模範演技を披露してきた。日本庭園が目の前に広がるジャパニーズ・ハウスがあり、そこの和室で模範試合をした。かるたに興味を持たれた外国人の方も大勢いて交際交流は大成功に終わった。

ミレニアムクイーン

春過《はるす》ぎて夏来《なつき》にけらし白妙《しろたへ》の　衣《ころも》ほすてふ天《あま》の香具山《かぐやま》（持統天皇《じとうてんのう》）

記念すべき西暦二〇〇〇（平成一二）年ミレニアムクイーンとなり、さまざまなイベントに呼ばれるようになった。一日郵便局長を務め、ラジオ番組やテレビにも出演するようになる。また、横浜市長のご好意により市庁舎にカップを展示することになった。トロフィー、カップが市民の広場に並べられた。カップは私の歴史であり努力の結晶なんだと改めて思った。一〇月になると横浜文化奨励賞を受賞することとなり光栄に思う。

にんげんドキュメント

田子《たご》の浦《うら》に打出《うちい》でてみれば白妙《しろたへ》の　ふじの高嶺《たかね》に雪《ゆき》は降《ふ》りつつ（山部赤人《やまべのあかひと》）

私がクイーン戦で一一連覇を果すことになった斎藤裕理さんとの激戦はNHK「にんげんドキュメント」で放送された。

突然の母の死、悲しみを乗り越えて、連続一一期、通算一四回のクイーンに輝いたのである。母は「たごのうらに」の歌が大好きであった。そんな母が病気で亡くなってから、三ヶ月間の密着取材でとても大変だった。父は「余韻の残るクイーンであってほしい」と引退をすすめる。私は、どんな事もライバルは下（若い世代）からやってくる。負けるまで戦う」と言う。「もし負けたとしてもまた挑戦したい」と語るのが話題となった。私を取り上げてくださった「にんげんドキュメント」は視聴率が九・九パーセントと約一〇〇〇万人がテレビを見てくださった。斎藤さんが「このチャンスは二度ないと思って」と挑戦者の気持ちを語っているが、挑戦する側、防衛する側にも大切な気持ちだと思う。その「にんげんドキュメント」の番組が好評だったので、ドラマ化されることになった。

NHKの連続ドラマかるたクイーンが平成一五年から四週間にわたり放送された。実は私がモデルとなっている。女優の石田ひかりさんが主演のクイーン役。おばあちゃんに野際陽子さん、そして恋人役に山口達也さん、クイーンのライバルには真瀬樹里さん等、豪華なキャスティングだった。撮影現場に応援にいくと「本物のクイーンが来た」と出演者の皆さんに喜んでいただけたようだったので、私もお手伝いできて嬉しかった。

手がぶつかるシーンなどを何度も撮り直したり、現場は熱気に包まれていた。石田ひかりさんは、私のかるたの特徴をよくつかんでいて、いろいろと研究してくださったのではないかと感激した。ドラマを見て「かるたをやりたい」という人たちが全国的に増え、裾野が広がったことを一番うれしく思った。

最後の防衛戦

わが袖《そで》は汐干《しおひ》に見《み》えぬ沖《おき》の石《いし》の　人《ひと》こそ知《し》らね乾《かわ》く間《ま》もなし　（二条院讃岐《にじょういんのさぬき》）

「わがそでは」の歌は片恋の歌で切ない。この歌について家族でよく話した。祢がそのまた先祖から教わった歌であり、大人になったら歌の意味を調べたいと思ったそうである。「私の着物の袖は、引き潮の時にも（海中に隠れて）見えない沖の（海の中の）石のように、あの人は気づかないけれども、（悲しみの涙に濡れて）乾く間もありません」という意味である。人知れぬ恋の心情を歌っている。先祖から私へと先祖伝来の歌であり、人から人へと和歌が伝えられ、その心が現代に残ることは素晴らしいことだと思う。和歌は日本文化の原点でもあるといえるかもしれない。

私にとって生活の一部だった「かるた」が、最も大切なものとなり、「かるた」に助けられてきた。かるたをしているからこそ私は輝くことができた。ドキュメントの放映で一躍「時の人」となった一方、苦難が待ち受けていた。膝がみるみるうちに腫れ上がったのだ。年間四〇〇試合……とうとう膝が悲鳴を上げた。今まで大きな怪我がなかったことが、ありがたかった。私はクイーンとして防衛戦に出場することを決心した。挑戦者は昨年同様、斎藤裕理さんであった。三回戦目、「流れに乗ってこのままいける！」と思った時、一瞬、膝に力が入らなくなり尻もちをついた。まるで誰かに引っ張られたような「見えない力」であった。斎藤さんはその一瞬の出来事を見逃さなかったと思う。そこから、若さあふれるかるたで迫ってきた。「見えない力」は、亡き母が試合を見ていて「クイーンは充分にやったから、もういいわよ」と後ろから引っ張ったように思う。試合は最後までベストを尽くしたが敗れ、斎藤さんと握手を交わした。クイーン位を受け渡し、私は長く務めたクイーン位を降りた。

その後、斎藤裕理さんがクイーン位を二年、中学三年で最年少クイーンとなった楠木早紀さんがクイーン位を防衛中である。世代交代をしたが、今後、クイーンがどんな活躍をするのか楽しみである。

未来へ向かって

瀧《たき》の音《おと》は絶《た》えて久《ひさ》しくなりぬれど　名《な》こそ流《なが》れてなほ聞《き》こえけれ

（大納言公任《だいなごんきんとう》）

かるたと向き合い日々過ごしている私に、うれしい話が飛び込んできた。柔道で活躍している「やわらちゃん」こと田村亮子さんの結婚式に招待されたのである。

シドニーオリンピックで金メダルを獲得されたときに、神奈川トヨタに表敬訪問された。私は会社代表で花束を贈呈し、対談をさせていただくこととなった。その後、たまたまお会いしたときに結婚されると話されていた。スポーツ界の有名選手が集まる席に私が一緒にいられることは光栄であった。結婚式の司会者が偶然にも石田ひかりさんであったので運命を感じてうれしくなった。石田ひかりさんと「かるたクイーン」のドラマ放映後のお話しもでき、素晴らしい結婚式であった。

私は運気が上がり、ＮＨＫの「クイーン戦解説者」に選ばれた。現役で試合をしているときにはわからなかったが、大勢の学生スタッフが裏方で手伝っていた。モニターチェックをしたり、どちらが取ったのか即座に答える為、スロー再生にしたりと衛星生放送の緊張感があった。私は目の前で行われているクイーン戦に引き込まれ、ついつい自分が試合をしているかのように興奮して熱い解説になった。テレビをご覧の方々に「面白い解説でした、とってもわかりやすかった」と言われ、今までの経験を活かして頑張れた気がする。

解説本番前の話であるが、近江神宮へ着くと長年の癖なのか、「クイーン控え室」へ無意識に足が向かってしまう。扉を開けようとしたときに「あ、私、違うんだっけ?」ププッ!とおかしくて笑ってしまった。「今の立ち位置はこちらの扉!」とドアを開け、解説席で深呼吸を大きくした。

今まで頑張ってきたことが跳ね返ってきたように、県内外の中学校から、かるたの指導を頼まれるようになった。また、会社は特技を活かして行う社会貢献活動を奨励している。その一環として、市内の中学校などに講師として派遣され、学校現場の支援を行っている。

私は神奈川トヨタの社員として、中学校などに講師として派遣されることとなった。父と始めた「子供かるた教室」にもたくさんの子供たちが集まり、私の新しい道が開かれた。日本伝統文化である競技かるたをこれからも継承し、クイーンを貫いたことで歓喜を味わえたことを語っていきたいと思う。

エンディング/和歌の煌めき

古《いにし》への奈良《なら》の都《みやこ》の八重《やえ》ざくら　今日《けふ》九重《ここのへ》に匂《にお》いぬるかな

(伊勢大輔《いせのたいふ》)

クイーン位を獲得し、敗れ、奪還し、そしてかるたと寄り添って生きている私である。

かるたは最初の音を聞いて判断して取る競技であるが、和歌の歌のリズムによって取る速さ、音の感じ方も変わってくる。昔の人々が大切に育くんできた美しい日本語。その美しさに百人一首を通して触れ、私が「みちのくの」の歌を好きになったように、多くの人に和歌の煌めきを感じてほしい。そして、和歌の心をこれからも伝えていきたい。

執筆者一覧

今井恵子《いまいけいこ》　1952年生まれ。歌人。フェリス女学院大学非常勤講師。『富小路禎子の歌』（雁書館）、『樋口一葉和歌集』（編著、ちくま文庫）、『分散和音』（歌集、不識書院）、『渇水期』（歌集、砂子屋書房）など。

筧　雅博《かけひまさひろ》　1957年生まれ。フェリス女学院大学教授。『蒙古襲来と徳政令』（講談社学術文庫）、「正中の変前後の情勢をめぐって」（『金澤文庫研究』三二二号）。「歴史史料としての源氏物語」（フェリス・カルチャー・シリーズ1『源氏物語の魅力を探る』翰林書房）など。

木谷眞理子《きたにまりこ》　成蹊大学文学部准教授。『別冊太陽　王朝の雅　源氏物語の世界』（分担執筆、平凡社）、「源氏物語と食」（『成蹊国文』40号）など。

谷知子《たにともこ》　1959年生まれ。フェリス女学院大学教授。『中世和歌とその時代』（笠間書院）、『和歌文学の基礎知識』（角川選書）、『天皇たちの和歌』（角川選書）など。

西山美香《にしやまみか》　1966年生まれ。博士（文学）。明治大学・都留文科大学等非常勤講師。『武家政権と禅宗』（笠間書院）、『九相図資料集成』（共編、岩田書院）、『東アジアを結ぶモノ・場』（編、勉誠出版）など。

藤本朝巳《ふじもとともみ》　1953年生まれ。フェリス女学院大学教授。『絵本のしくみを考える』（日本エディタースクール出版部）、「*More English Fairy Tales* 出版の意図―フェアリーテールの再話とその意図(3)―」（フェリス女学院大学文学部紀要　46号）など。

森朝男《もりあさお》　1940年生まれ。フェリス女学院大学名誉教授。『古代文学と時間』（新典社）、『古代和歌の成立』（勉誠出版）、『恋と禁忌の古代文学史』（若草書房）、『万葉集百歌』（共著、青灯社）など。

渡辺令恵《わたなべふみえ》　1964年生まれ。全日本かるた協会理事。昭和63年クイーン位獲得。クイーンを11期連続、通算14回期務める。平成5年に永世クイーンの称号授与。平成12年、横浜文化賞奨励賞受賞。『百人一首の文化史』（すずさわ書店）、『まんが百人一首と競技かるた』（小学館）など。

フェリス・カルチャーシリーズ5

日本のうた

時代とともに

【横浜市民大学講座】

発行日	2011年3月31日 初版第一刷
編　者	フェリス女学院大学©
発行人	今井　肇
発行所	翰林書房
	〒101-0051 東京都千代田区神田神保町1-14
	電 話 03-3294-0588
	FAX 03-3294-0278
	http://www.kanrin.co.jp/
	Eメール●kanrin@nifty.com
装　釘	寺尾眞紀
印刷・製本	総　印

落丁・乱丁本はお取替えいたします

Printed in Japan. 2011.

ISBN978-4-87737-315-3

フェリスから発信する新しい〈風〉

フェリス・カルチャーシリーズ

❶ 源氏物語の魅力を探る

❷ ペンをとる女性たち

❸ 異文化の交流と共生—グローバリゼーションの可能性—

❹ 多文化・共生社会のコミュニケーション論—子どもの発達からマルチメディアまで—

❺ 日本のうた—時代とともに—

❻ 平和に向けて歩む人々—戦乱の記憶を乗り越えて—

❼ 英語圏の世界を知る—文学・歴史・社会・芸術・言語—